AF561460

1917

COLLECTION DES ROMANS POPULAIRES

# L'Entrée de la Nuit

PAR

Jean GUY

8° Y²
...5 (44)

PARIS, 5, rue Bayard, PARIS

# ROMANS A 25 CENTIMES

***Le plus grand succès de la Librairie française***

**Tirage mensuel : 150 000**

Il paraît un Roman complet chaque Mois

DONNANT, COMME TEXTE, LA VALEUR D'UN VOLUME A 3 FR. 50

**Belle couverture en couleurs**

***CHAQUE VOLUME : 25 CENTIMES***

**PORT, 10 CENTIMES**

*Pour recevoir chaque volume dès son apparition, on peut prendre un abonnement annuel de* **3 fr. 50** *pour la France, la Belgique, l'Algérie et la Tunisie,* **4 francs** *pour les Colonies françaises et l'Étranger.*

*Des conditions exceptionnelles sont faites pour les abonnements par quantités. Les demander à nos Bureaux.*

*Les 44 premiers numéros, sauf ceux indiqués ci-dessous, sont totalement épuisés.*

*36.* — Le Docteur Quentin, par ANTOINE ROUM.
*38.* — Les Ames Fortes, par G. SAINT-GERMAIN.
*39.* — Le Bas-Landrous, par FLORENCE O'NOLL.
*40.* — Jacques II, par M.-J. PINET.
*41.* — L'Usurpateur, par G. DE WEEDE.
*42.* — Le Prix du Silence, par JEAN DE BELCAYRE.
*43.* — La Rançon du Bonheur, par P. DU CHATEAU.
*44.* — L'Entrée de la nuit, par JEAN GUY.

***Paraîtront successivement :***

**Novembre 1916**

*45.* — Le Mystère de la Ferme fleurie, par MARIE LE MIÈRE.

**Décembre 1916**

*46.* — Le Jardin des Perles, par M. ROUSSEAU.

**Janvier 1917**

*47.* — L'Échéance, par ANNE QUEINNEC, etc., etc.

5, RUE BAYARD, PARIS, ET DANS TOUTES LES GARES

# L'entrée de la nuit

Ce qui fait la force de la terre, ce sont ses traditions. Nous devons lui rester attachés, parce que nos aïeux l'ont aimée et comprise. Notre devoir est de ne pas abandonner le seuil de la maison où ils ont vécu.

La terre est la grande dispensatrice : le travail quotidien — sous le ciel bleu, dans la paix sereine des champs, cette collaboration qui facilite la moisson, cette union intime de l'homme et du sol, — c'est un labeur sacré ; le plus noble et le plus libre de tous les labeurs. J. G.

## CHAPITRE Ier

### LA VIEILLE RACE S'ÉTEINT

La nuit tombe vite en janvier et les soirées d'hiver sont longues.

Dans la vaste *cousia* (1) hospitalière, les vieux se rapprochent du feu, s'abritent sous le large manteau de la cheminée. Et là, les pieds sur les chenêts, les coudes aux genoux, les yeux à demi clos par le sommeil qui vient, ils causent, doucement, de leurs jeunes années, des récoltes, de leurs veillées, jadis éclairées par la fumeuse chandelle de résine.

Ils rappellent tout cela, à voix basse — sans doute dans la crainte de voir s'envoler ces souvenirs, — d'un timbre usé, éraillé, sur un ton monotone, un peu chantant, sans gestes, avec, seulement, un plissement des paupières, de temps à autre.

(1) Cousia : cuisine.

A l'autre extrémité de la cuisine, la jeunesse est groupée : On dépouille les maïs — qu'on a descendus du *soulè* (1) — histoire de se réunir, pour causer un peu, pour rire, et narguer l'hiver qui pleure, dehors.

Le vent souffle sur la campagne, tord les branches des arbres. Dedans, bien à l'abri, dans l'atmosphère tiède et accueillante de la pièce close, on s'amuse.

Quelque gars, de retour du service, est toujours disposé à discourir. Il a vu du pays : cela le pose. Et il répond avec une complaisance un peu apitoyée aux questions des jeunes filles sur la ville et les toilettes.

Parfois, l'un d'eux, celui qui a la plus belle voix, le grand Pierre, se met à chanter, en patois, quelque vieille chanson béarnaise, au rythme le plus souvent mélancolique. Il y a un fond réel de poésie dans ces complaintes et dans ces rondes, une poésie naïve et tendre, très douce et infiniment pénétrante.

Lorsque Pierre dit sa préférée, « Roussignoulet », tous, les vieux et les jeunes, écoutent avec le même intérêt :

I

*Roussignoulet qui-n cantes*
*Estuyad au bruchon,*
*Que plases è qu'encantes*
*Toun nid dab ta canson,*
*Qu'ès gàuyons, mey, lahore*
*Gaytan per lou cèn blu,*
*L'esparbè de male-hore*
*Que cadera sus tu.*

II

*A l'ayret qui houleye*
*O rey déus cantadous !*
*Roussignoulet, gourgueye*
*Tous rabalays tan dous !*
*Dens la noeyt lugreyante,*
*Debat lous grans cèus clas,*
*Ta bouts enayreyante*
*Que yumpe lous lugras.*

(1) Soulè : grenier.

III

*Mey, de la toure soumbre*
*Bire-t, Roussignoulet !*
*Non cantes que per l'oumbre*
*Et demoure soulet.*
*De toute cause bère*
*Bous lès que soun yelous,*
*Estuye-t migat, ouère,*
*Et guarde tas cansous !*

Traduction : I. Petit rossignol qui chantes — Caché dans le buisson, — Tu me plais et tu m'enchantes — Par ton nid et par ta chanson. — Tu es gai, mais au loin, — te guettant dans le ciel bleu, — L'épervier de malheur — Tombera sur toi.

II. Dans la brise qui souffle, — O divn roi des chanteurs, — Petit rossignol, tu trilles, — Tes notes sont si douces ! — Dans la nuit étoilée, — Sous les grands cieux clairs, — Ta voix enjôleuse — Berce les étoiles.

III. Mais de la buse sombre, — Méfie-toi, petit rossignol ! — Ne chante que dans l'ombre — Et demeure seulet! — De toutes jolies choses, beaucoup sont jaloux. — Cache-toi, petit ami, regarde ! — Et garde tes chansons.

Pierre regarde droit devant lui pendant qu'il chante. Dans ses yeux, on sent passer toute la poésie de la montagne.

Quand il se tait, tout à coup ses prunelles cessent de rêver et se tournent vers celles de Madeleine, la fille de la maison. Et lorsque Madeleine dit :

— Vous avez une belle voix, Pierre.

Lui s'en va, tout heureux, emportant dans son cœur une provision de joie.

C'est toujours ainsi : un mot nous fait vivre, espérer..... un pauvre petit mot, tombant de lèvres chères, qui, souvent, part au hasard....., nous le recueillons au passage, nous croyons en lui et nous découvrons — ou nous imaginons — qu'il renferme, pour nous, une foule de choses sous-entendues.

Devant l'âtre, tandis que les jeunes s'amusent, les vieux causent toujours.

Eux sont de la race belle et forte ; résistante, comme le roc de leurs Pyrénées ; solide, comme les arbres de leurs forêts : c'est la race d'autrefois, attachée passionnément à son sol, amoureuse de la terre natale, de cette terre riche et fertile qui semble s'infiltrer en nous, courir dans nos veines, et qui rend notre sang plus généreux.

Mais, hélas ! cette race vaillante et fidèle peu à peu s'éteint. Le temps et le progrès font leur œuvre. Chaque année, un, deux, trois des représentants de cette vieille garde, nourrie de traditions, s'en vont, quand vient l'hiver, parce que les années amassées sur eux ont courbé leurs épaules, appesanti leurs membres, refroidi leurs vieux cœurs enracinés au sol. Et un jour, c'est la loi, la vie s'arrête.

Ils s'en vont ainsi, les uns après les autres, par les soirs de tourmente, en novembre, en décembre. Et personne n'est là pour les remplacer : notre siècle n'est plus assez fort pour donner des hommes de cette trempe.

Leurs enfants marquent une transition entre ces vieux qui partent et qu'on ne connaîtra plus et les jeunes, ceux qui ont vingt ans, et qui osent affirmer bien haut que la terre ne vaut plus rien....., qu'ils ne l'aiment pas....., que, pour vivre, il leur faut la ville ; la ville qui, de loin, les fascine avec son mouvement et ses lumières, ses toilettes et ses distractions.

Effrayés, les parents écoutent ce langage nouveau. Ils ne comprennent pas. Ils ne se rendent pas compte que cette évolution, ce sont eux qui l'ont préparée. Ils l'ont préparée, parce que de l'héritage des vieux il n'ont pas tout pris. Ils ont recueilli, sans doute, les habitudes, la routine journalière, ils se sont souvenus des conseils.

Mais ce qui fait le prix du labeur, ils l'ont dédaigné. Ils ont travaillé la terre : ils ne l'ont pas aimée. Ils n'ont pas saisi le côté sublime de cette idée : la terre est la grande dispensatrice ; tous en vivent, même ceux de la ville ; ce travail quotidien, sous le ciel bleu, ce travail qui aide la moisson est un travail sacré, le plus noble et le plus libre de tous les travaux.

Ils ont traité la terre en étrangère. Et c'est elle, maintenant, qui se venge ; elle envoie les jeunes au loin, dans la fumée des villes. Et les maisons, les champs, *peu à peu se dépeuplent*.....

Il est tard. On ne veille pas tard à la campagne. Chacun rentre chez soi. La vieille cuisine se vide.

Il ne reste plus que les *paybons* (1), Dominique et Méni-

(1) Paybons : grands-parents.

quette. Puis leurs enfants, Bernaton et sa femme Mariotte. Et enfin les jeunes : Alexandrine, qui a près de vingt-huit ans. Petite et chétive, elle est tout le jour au logis, effacée, s'occupant du linge, du ménage. Parfois elle conduit les bœufs au pacage, mais sa claudication et sa taille contrefaite la gênent tellement qu'on évite de lui confier une besogne à l'extérieur.

Douce et prévenante, très sensible, elle vit à l'écart, rendue susceptible et timide par son infirmité. Et personne ne songe combien la pauvre fille peut souffrir à l'idée qu'elle n'est pas comme les autres, que toujours elle sera seule, qu'elle ne connaîtra pas la chaleur d'un foyer à elle et le sourire de petits anges blonds.

Madeleine a vingt et un ans. Elle est grande, cambrée, avec des bras ronds et frais ; des cheveux châtains, qui prennent au soleil des tons de cuivre rouge ; un teint clair, sur lequel le hâle n'a pas de prise et qui, certains jours, a le velouté d'une pêche ; des yeux couleur de châtaigne mûre, piqués de points d'or ; des dents superbes, des mains longues, presque aussi fines vraiment que des mains de demoiselle.

Du matin au soir, le rire de Madeleine s'égrène en notes joyeuses. Elle est active et laborieuse. Elle fait bien un peu la moue, parfois, quand le père l'emmène aux champs pour de gros travaux. Mais cela ne dure pas. Elle ne boude pas à l'ouvrage. La petite a bon caractère, et, d'ailleurs, le père entend être obéi. Tous le savent. Et, devant sa main, un peu dure mais juste, tous s'inclinent.

L'autorité paternelle vit encore dans nos campagnes, mais elle s'entame, pourtant, peu à peu ; elle s'amoindrit, comme tout le reste.

Avant Madeleine, de trois ans plus âgé qu'elle, vient Alexandre. Un grand gaillard, bien bâti, aux bras robustes, à la voix forte, têtu et obstiné ; ardent, égoïste, mais bon travailleur. Et, avec cela, en dépit de la force physique indiscutable, une tête pas très solide, qui tourne comme une girouette au moindre vent, et que le plus insignifiant mirage fera rêver pendant des heures.

Nature inquiétante et trop close. Silencieux, le plus souvent, d'un tempérament fermé, Alexandre a parfois de ces colères sourdes qui ressemblent à celles du père. Et quand un sujet les divise, la mère joint les mains et tremble. Pourtant, jamais encore aucun fait sérieux ne s'est mis entre eux ; et toujours, dans les quelques discussions qu'ils ont eues, Alexandre s'est courbé devant l'autorité de son père. Mariotte, qui connaît à fond son grand garçon, sait ce qu'il lui en a coûté pour se soumettre.

Puis l'aînée de tous, Françoise, mariée dans le village. Elle n'a pas trente ans encore, et la petite maison — un peu étroite — abrite déjà quatre têtes brunes : Antoine, six ans, et Marie-Anne, quatre ans ; Pierre, le filleul d'Alexandrine et du grand Pierre, un bébé de trois ans ; et enfin Bertrand, le dernier-né, qui aura bientôt dix-huit mois.

Certaines années, les récoltes sont mauvaises. Et les enfants, ça coûte cher à nourrir, à élever. Mais Françoise ne perd pas courage. Elle fait, sans en avoir l'air, des prodiges d'économie, et Jacques, son mari, ne dit rien, mais supprime sa cigarette les jours de fête. Tous les deux oublient les saisons rudes et les soucis en écoutant le babil des petits :

— Quand nous serons grands, nous travaillerons la terre comme papa.

Marie-Anne ajoute :

— Moi, je ferai la cuisine et je raccommoderai le linge comme maman.

Ces deux petites phrases, voilà la récompense de Françoise et de Jacques.

Quelquefois, l'hiver, Madeleine vient passer la soirée avec eux. Les enfants jouent devant l'âtre. Antoine obtient la permission de mettre à cuire sous la cendre des grains de maïs. Les petites boules se dorent, pétillent et tout à coup éclatent avec un bruit sec qui réjouit les garçons. Anne-Marie, peureuse, se bouche les oreilles, et le petit Pierre bat des mains et s'apprête à croquer les grains bien roux.

Doucement, alors, Françoise insinue à sa cadette :

— Voilà ce qu'il te faudrait, Madelon, un bon mari, de beaux enfants. Vois-tu, il n'y a que cela qui compte. C'est notre vie.

— Peut-être! répond évasivement la belle fille en regardant ses mains fines.

— Vois-tu, je connais quelqu'un, et toi aussi..... Si tu voulais.....

— Qui donc?.....

— Le grand Pierre.

Madeleine ne dit rien. Elle le sait bien, d'ailleurs, que ce grand Pierre, respectueux et tendre comme pas un du village, l'aime en secret.

Françoise n'a pas le temps de poursuivre la conversation. Le travail est là, qui l'appelle. Et il ne faut pas chômer, si l'on veut préparer l'avenir des petits. Elle n'a plus le temps de se reposer, de rêver un peu, comme lorsqu'elle était jeune fille, comme le fait Madeleine, parfois..... Non, sa vie de femme et de mère l'absorbe totalement, et la joie immense qu'elle en retire met de la lumière dans son regard, dans son sourire, dans l'éclat de ses joues, brunies par le soleil méridional.

De tous les enfants de Bernaton et de Mariotte, c'est Françoise qui se rapproche le plus de la vieille génération. Elle en a le culte profond pour la terre ; elle aime le travail des mains, du même amour sacré, elle comprend tout ce qu'a de grandiose dans son apparente simplicité cette union intime et quotidienne de l'homme et du sol.

Comme les vieux d'autrefois, elle saisit toute la poésie forte et saine de ce labeur. Elle s'applique, ainsi que son mari, à inculquer, à graver dans l'âme de leurs enfants ce culte qui confond dans un même sentiment les traditions, la famille, la terre.

La terre, Françoise ne l'a jamais quittée. Madeleine, elle, plus fine, tout enfant, prit goût à l'étude, tandis que sa sœur pleurait devant les leçons à apprendre. On retira l'aînée de l'école dès qu'elle eut douze ans.

Plus tard, les parents, flattés d'entendre dire par l'institutrice que Madeleine était intelligente, la mirent en pension à Mont-Bourguey, chez les demoiselles Lafons. Madeleine revint au village à quinze ans. Les premiers temps, il lui en coûta de se remettre à la besogne d'autrefois, puis elle reprit l'habitude. Du reste, le père n'entendait pas qu'elle s'y dérobât. Il avait procuré de l'instruction à sa fille ; à présent, elle devait, comme ses sœurs, se mettre au travail.

Tandis qu'Alexandrine restait au logis, les deux autres suivaient le père, travaillaient dans les champs, s'occupaient du bétail. Puis Françoise se maria, et Madeleine eut double tâche. Mais naturellement vaillante, pleine de santé, robuste et saine, après le premier moment d'hésitation, ce surcroît de travail ne la fit pas reculer.

Elle savait que Pierre la recherchait. Mais elle feignait de l'ignorer, ou presque. Pourquoi? Etait-ce la peur des responsabilités qu'il fallait endosser, la crainte des soucis, des maladies, des chagrins possibles?..... Elle était bien jeune pour envisager ainsi les choses..... Ou bien voulait-elle garder encore sa liberté, son indépendance de jeune fille?.....

Elle était fière, pourtant, de se savoir courtisée par Pierre, le meilleur fils, le plus beau garçon de la commune. On l'appelait le « grand Pierre » pour le distinguer de son filleul. Et ce nom allait bien à son corps robuste, aux épaules larges. Il avait une tête aux traits fortement accusés, un menton énergique, un regard droit, sous la toison brune des cheveux, un ton autoritaire qui ne s'adoucissait que devant Madeleine. On disait dans le village qu'il avait « du bien à l'arrayon » (1).

A la moisson, quand Madeleine, penchée vers les gerbes, tendait son corps souple et jeune, lui la regardait, respectueux et admiratif, et son regard la vénérait.

Les autres gars se moquaient entre eux de cette réserve, de ce respect qu'ils ne comprenaient guère et ne pratiquaient jamais.

Et Alexandrine, la pauvre infirme, accroupie derrière une haute gerbe, ne quittait pas des yeux le grand Pierre. Et dans ses prunelles, où personne ne songeait à lire, passait une grande vague de passion désespérée, une détresse immense..... puis une expression effrayante de révolte.

Pourquoi ? Oh ! pourquoi n'était-elle pas comme les autres ?..... Et pourquoi, lorsque le grand Pierre était près de sa sœur ressentait-elle au cœur cette meurtrissure étrange, cette morsure sourde qui pénétrait, s'enfonçait peu à peu ?

Dans ces moments-là, elle mettait la main devant ses yeux :

— Suis-je donc méchante ?.....

Un jour, elle comprit enfin :

— Je suis jalouse, jalouse! Moi, qu'eux tous croient douce et bonne.....

Elle s'abattit contre la terre, avec un long, un immense sanglot qui la déchira toute. Elle resta longtemps ainsi, le visage tourné vers les herbes, la poitrine meurtrie. De temps à autre, elle murmurait :

(1) A l'arrayon : au soleil.

— Mon Dieu!

C'était un cri d'angoisse, une plainte, un appel..... une prière, venant du plus profond de son cœur abîmé.

Vers le soir, elle entendit qu'on la cherchait. Elle se redressa, essuya ses yeux rougis. Il faisait presque nuit. Elle aperçut Madeleine qui venait à elle.

— Tu dormais, je parie.

— Justement.

Alors, par une impulsion irraisonnée, Alexandrine éprouva un immense désir d'être pardonnée, aimée..... Elle prit les mains que sa sœur lui tendait, s'y appuya, et quand elle fut redressée elle se rapprocha du visage de Madeleine et l'embrassa avec fougue.

Alexandre, qui passait, les aperçut, et railla sans penser à mal :

— Tu dors encore, Alexandrine.

Aussitôt, elle se reprit. Elle ne dit rien et rentra avec eux. La lampe éclairait la cuisine.

Debout, le vieux grand-père, à haute voix, récita le *Benedicite*. Après lui, qui le dirait?.....

Puis on s'assit autour de la table. Au milieu du bruit des cuillères frappant la faïence épaisse, on se mit à parler des récoltes prochaines.

Après le repas, dès qu'elle eut tout rangé, Alexandrine se retira, prétextant une fatigue. Quand elle fut sortie, Bernaton murmura :

— Toujours lasse! Elle s'écoute trop!.....

La mère, doucement, répondit :

— Son infirmité, tu sais.....

Il ne répliqua pas et haussa les épaules. Cette claudication, cette taille contrefaite l'humiliaient toujours, et il en souffrait, dans son orgueil, comme d'une déchéance physique personnelle. Il se leva et alla vers Madeleine qui rangeait du bois dans le bûcher :

— Eh bien! petite, Pierre t'a fait un brin de cour, au milieu des gerbes..... En voilà un qui serait un bon mari!

— Qui le sait! répliqua-t-elle, évasive.

Il y a six mois de cela, ce soir de janvier où le vent souffle et gémit sur toute la campagne. Et les affaires de cœur du grand Pierre en sont toujours au même point.....

## II

### LE RÊVE DU GRAND PIERRE

Pierre habitait avec sa mère, une petite vieille ridée et avenante, d'apparence chétive. Elle était restée veuve après dix ans de mariage. De ses six enfants, un seul, le dernier, vivait encore.

Elle n'avait pas voulu se remarier et s'était chargée de tout commander, de tout diriger, avec une intelligence pratique qui étonnait, venant de cette constitution d'aspect débile.

Plus tard, elle fut aidée par son fils, et maintenant que l'âge était venu, elle avait abdiqué toute responsabilité, toute initiative, et se reposait entièrement sur Pierre.

Parfois — doucement, pour ne pas lui faire de peine, — elle lui disait :

— Vois-tu, mon petiot, j'ai bientôt fini mon temps, je le sens.....

— Mère, je vous en prie!

— Ecoute-moi, ce que je dis là ne me fera pas mourir plus tôt..... sois tranquille..... Je partirai quand Dieu m'appellera..... C'est lui le Maître..... Seulement, je voulais te dire, je me fais vieille..... Sais-tu ce que je voudrais.....

— Quoi donc?

— Il faudrait, ici, dans la vieille maison, une femme jeune et alerte. Mes jambes s'usent, je ne puis plus circuler comme avant..... Je néglige le linge dans les armoires.....

— Prenons une servante.

Elle hocha la tête :

— Ce n'est pas ce que je veux dire, tu le sais. Je suis une paysanne, mon petit. Tu sais que je ne prendrai pas une servante pour « dedans ». Non, ce qu'il me faut, c'est une fille, vois-tu, qui t'aimerait, mon Pierre, à me rendre jalouse, et qui de temps à autre s'approcherait de moi et me dirait « Maman ».

Il écoutait, les bras croisés. Lentement, il fit oui de la tête. On l'appelait dans la cour. Il s'y rendit aussitôt, et la mère, par la fenêtre ouverte, entendit sa voix mâle et forte, faite pour commander. Quand il rentra, comme si la conversation n'avait pas été interrompue, elle reprit :

— Comprends-tu?

— Oui, mère.

Et, en dépit de sa volonté, un mot entr'ouvrit ses lèvres :

— Madeleine.....

Ce ne fut qu'un murmure, mais la mère entendit pourtant. Un sourire joyeux, un peu ému, rayonna sur sa figure.

Lui aussitôt continua :

— Elle ne voudra pas.

La mère eut un geste de révolte :

— Ne pas te vouloir, toi!

Il secoua la tête et se tut. Elle lui fit signe de venir tout près d'elle. Il obéit, docile comme un petit enfant.

— Voyons, elle t'aime, pas vrai?

— Qui le sait?..... Mais moi, je l'aime tant!

Sans honte, il avouait son rêve, son culte unique.

— Ecoute, reprit la mère, il faut savoir. A la première occasion, parle-lui. C'est promis?

— Oui, mère.

Elle se leva, reprit son occupation, alluma le feu. Ses mains maniaient péniblement les lourdes branches ; la vieillesse mettait son emprise sur le corps frêle. Pierre s'agenouilla devant l'âtre et aida sa mère. Puis il sortit dans la cour, la traversa et se rendit au champ.

Un domestique conduisait la charrue. Il prit sa place, et, de sa voix nette et chaude, il commanda les bœufs, tandis que ses mains d'acier donnaient la direction.

Une bonne et saine odeur de terre remuée flottait dans l'air. Le printemps arrivait, semait sur les arbres des pétales parfumés. Dans les nids, les oiseaux chantaient, et le long des haies couraient des églantines, des petites branches d'un vert frais.

Pierre ne voyait, n'entendait rien de tout cela. Avec délices, il aspirait cette franche senteur de terre retournée, cet arome tout particulier du pays natal. Il comprenait, il pénétrait la beauté sévère de son sol.

Il tenait à ce coin du Béarn, il lui était attaché par toutes les fibres de son être. Il semblait à Pierre que, l'arracher à sa terre, c'eût été lui arracher le cœur.

Il se rappelait comme il avait souffert d'être éloigné, lors de son service, il se souvenait combien l'exil lui avait été pénible. Non, il était fait pour vivre, comme avaient vécu son père et son grand-père, en union intime et constante avec le sol..... ; puis il mourrait, comme eux, et il serait recouvert par cette terre amie qu'il connaît bien. Et cette perspective ne l'effrayait pas. D'ailleurs, avec ses yeux de vingt-cinq ans, il la voyait si lointaine, si lointaine.

Il se prit à sourire. Pourquoi songer à cela!..... Est-ce qu'il n'était pas certain de vivre et de mourir dans le petit village de Lascayous, à l'ombre du clocher qui a sonné, jadis, pour leurs fêtes de famille, pour les baptêmes, les mariages, pour les morts aussi....., qui sonnera plus tard pour lui, le grand Pierre, pour ses noces.....

Et il pense à Madeleine. C'est vrai que cette image emplit son cœur. Il l'aime avec passion et il la vénère, ce qui fait rire les autres gars : on le traite de nigaud. Il l'aime tant! Si elle refusait de devenir sa femme, il lui semble qu'il ne pourrait plus vivre.

Les bœufs, de leur allure lente et majestueuse, avancent lourdement ; et le sillon se creuse, s'allonge, comme un ruban.

Les pensées de Pierre, tout naturellement, reviennent au travail de la terre. Bientôt, on sèmera là. Et quand viendra la récolte, quelle allégresse de constater les fruits du labeur. Jamais Pierre n'a aussi bien compris, autant aimé le sol qu'à cette heure, par cette belle matinée de printemps environnée de ce soleil d'or qui poudroie sur la campagne, qui réchauffe la terre et la pénètre de ses rayons bienfaisants.....

Grisé par cette allégresse de la nature, grisé au contact de ce sol sacré, son compagnon de toujours, sous la grande voûte bleue, Pierre, le visage levé, prie :

— Mon Dieu, elle dira oui et nous serons heureux.....

Le sillon est terminé. Pierre le regarde avec complaisance, caresse, de sa main brune et nerveuse, la large encolure des bœufs. Il aime ses animaux, le grand Pierre, et de cela aussi les autres gars se moquent. Ils tiennent à leurs bêtes, c'est vrai, et très fort même, mais c'est par intérêt et ils ne font guère de sentiment.

Pierre commence un autre sillon, puis c'est un autre encore. Le sol est dur à remuer dans ce pays, mais qu'importe! Le travail a plus de prix quand l'effort est double.

Lorsque l'Angélus jette dans l'air les vibrations recueillies de la prière, c'est, sous le grand soleil de midi, toute une rangée de rubans fauves, qui prennent à l'orée du champ et vont s'amincissant de plus en plus jusqu'à la haie d'osier qui borde la pièce de terre, tout en bas, à côté de la prairie.

Une chanson aux lèvres, Pierre retourne chez lui. En chemin il croise Françoise qui rentre au village, le petit Bertrand dans les bras, les autres accrochés à sa jupe. Elle a le sourire heureux et tranquille des femmes qui sont dans leur voie. Elle est contente de montrer ses trésors.

— Qu'ils sont beaux, vos *meynads* (1), admire Pierre.

— N'est-ce pas?

Et, à pleines lèvres, elle embrasse son dernier-né, blotti sur son épaule.

Françoise a la taille ferme et droite, les joues fraîches, le regard joyeux. Jeune fille, elle était moins belle ; ses yeux étaient moins caressants, ses lèvres moins rouges.

Elle passe, et Pierre se retourne pour la voir encore. Il aperçoit les reins cambrés, la nuque dorée, les cheveux abondants, la démarche alerte et jeune. Et il entend la voix harmonieuse.

Mais il ne pense pas à Françoise. Non, car son cœur est pris, bien pris, pour la vie. Il songe à Madeleine. Elle n'est pas comme sa sœur, mais elle est tout autre, d'une beauté différente, et il l'aime ainsi.

Il rentre à la maison, conduit les bœufs à l'étable. Puis il rejoint sa mère à la cuisine et s'assied en face d'elle, devant la soupière fumante. Une bonne odeur de garbure emplit la pièce. Les cuivres de la cuisine reluisent. Tout est rangé, propre et net.

Un peu d'attendrissement saisit le paysan. C'est sa mère qui entretient tout cela, qui rend la demeure accueillante. Elle s'épuise à la besogne, il l'aperçoit, courbée sur son assiette, cassée, vieillie, usée prématurément.

Il la regarde encore et, affermissant sa voix, prononce :

— Demain, j'irai parler à Bernaton, rapport à Madeleine.

. . . . . . . . . . . . . . . . . . . . . .

Le lendemain, à la tombée de la nuit, Pierre se rendit chez Dominique. Au lieu d'entrer comme toujours, il frappa, ainsi

(1) Meynads : enfants.

soudain d'une timidité bizarre qui contrastait avec son aspect viril.

— Ouvrez, répondit une voix de femme.

— Madelon! murmura-t-il.

Un petit rire sourd vibra à l'intérieur. Il pénétra dans la cuisine. Des yeux, il chercha tout de suite la silhouette de la jeune fille. Il n'aperçut qu'Alexandrine qui raccommodait, assise devant la fenêtre. Sans se lever, elle dit :

— Adichats! Pierre.

Lui poursuivit son idée :

— Adichats! Où donc s'est-elle cachée?

— Qui?

— Madeleine.

— Madeleine? Elle est au champ.

— Ce n'est pas elle qui a répondu : Ouvrez ?

— Non, c'est moi.

Il s'étonna :

— Comme vous avez la voix douce; jamais je n'avais remarqué.

— Il n'y a rien de surprenant à cela.

— Pourquoi?

— Ecoutez, il suffit de m'apercevoir ainsi tournée. On ne songe pas à autre chose. Vous avez entendu ma voix sans me voir. C'est ce qui vous a trompé, voilà tout.

Un peu d'amertume assourdissait son timbre. Il la regarda comme il ne l'avait jamais regardée.

— Ce sont des idées que vous vous faites, Alexandrine; je ne suis pas mauvais, excusez-moi, je ne voulais pas vous offenser.

Elle eut un petit rire bref :

— Il n'y a pas d'offense, vous ne m'avez jamais fait de mal. Nous sommes de vieux amis de toujours. Or, les amis ont le droit de se dire toutes les vérités.

— Alors, laissez-moi vous en dire une autre.

— Voyons.....

— Vos yeux ressemblent à ceux de Madeleine.

Une crispation passa sur le visage d'Alexandrine, mais elle demanda :

— Sont-ils aussi beaux?

— On dirait qu'ils voient plus loin ; ils sont moins gais.....

— Moins gais, oui, c'est cela..... Notre vie est et sera si différente!

Pierre eut une seconde la vague perception de ce que devait souffrir l'infirme. Très bon toujours il répliqua :

— Tout le monde vous aime.

Elle eut un pauvre sourire navré, dont il ne comprit pas l'amertume, et soupira :

— Oui, je sais que je fais pitié.

Elle se redressa et ajouta :

— Mais je ne veux pas qu'on me plaigne.

Sa voix était devenue dure, ses yeux froids. Désorienté, Pierre ne savait plus que dire. Ce fut elle qui parla :

— Vous étiez venu pour Madeleine, je pense qu'elle ne tardera pas à rentrer.

Elle se leva, ouvrit tout grands les volets, car la nuit montait ; elle alla devant le foyer et souleva le couvercle de la marmite. Puis elle revint vite s'asseoir près de la fenêtre ; elle avait toujours honte de sa taille disgracieuse, de sa boiterie ; elle en souffrait continuellement, surtout devant Pierre.

Quand elle reprit sa place, le paysan se rapprocha :

— Alexandrine, écoutez-moi, vous êtes très bonne, vous savez quelle affection j'ai pour vous, pour vous tous, ici.....

Elle ne répondit rien, mais une pâleur grise s'étendit sur ses traits. Pierre ne la vit pas et continua :

— Vous avez deviné sans doute quel est mon rêve..... quelle est la femme que je voudrais emmener chez nous.....

— Chez vous!..... répéta-t-elle, sans avoir conscience qu'elle parlait, chez vous!.....

Il n'entendit pas ce murmure étouffé et il ajouta :

— Vous savez combien je l'aime..... je ne sais pas faire de phrases..... Mais, voyez-vous, Madeleine est toute ma vie.....

— Je comprends.....

— Alors, dites-moi..... croyez-vous qu'elle voudra de moi?

Elle sentit qu'il fallait parler. Se raidissant pour ne pas se trahir, elle répliqua :

— Je ne puis pas le deviner.

— Vous êtes dure, Alexandrine!

— Moi!!

Son cri parut si étrange à Pierre qu'il redressa la tête. Il vit deux yeux immenses, profondément cernés, qui brillaient d'une lueur inquiétante au milieu de la pâleur du visage. Mais dès qu'il rencontra leur regard, les prunelles se dérobèrent.

Alexandrine expliqua :

— Elle ne me confie pas ses secrets. Que voulez-vous que je sache ? Allons, ayez bon espoir..... Il est tard, sauvez-vous..... Je lui parlerai dans la soirée..... Revenez demain, à cette heure-ci, vous la trouverez.

— Vous lui parlerez, bien sûr ?

— Puisque je vous le promets.

— Vous l'engagerez à devenir ma femme ?

Elle hésita une seconde, et concéda :

— Oui. Allons, bonsoir. Allez-vous-en ; vous finirez par me compromettre !

Il sortit, ne sentant pas l'ironie douloureuse de cette dernière phrase. Alexandrine, sans bouger de place, songea dans la pièce obscure. Ses yeux étaient fixes, ses lèvres serrées, comme si elle eût craint, en les descellant, de se mettre à crier.

Au bout d'un moment, pourtant, elle murmura :

— J'ai promis.

De la poche de sa robe, elle retira un chapelet de bois noir, souvenir d'un pèlerinage à Lourdes, l'année précédente. Elle le prit. Les yeux clos, elle se mit à l'égrener et pria pour le bonheur de Madeleine et de Pierre. Quand elle eut fini, elle approcha la croix de ses lèvres et la baisa.

Puis elle se leva, alluma la lampe et mit le couvert. Elle n'avait plus ses yeux de fièvre : son regard était doux, presque tranquille.

Au même moment, les travailleurs rentrèrent. Ils revenaient d'un champ très éloigné, à l'autre extrémité du village, ce qui expliquait leur retard.

Alexandre sifflait, les mains dans les poches ; Madeleine riait. Les autres causaient, tous heureux de la détente qui suit le labeur. L'infirme glissa près de Madeleine :

— Ce soir, je te dirai quelque chose.

— Ah ! Pourquoi pas maintenant ?

— Non, plus tard, quand nous serons seules.

— Cachotière, va ! répliqua Madeleine, amusée de l'air mystérieux de son aînée.

Cinq minutes après, Madeleine n'y pensait plus. Mais Alexandrine, elle, y songeait.

## III

### DEUX SŒURS

Les deux sœurs partageaient la même chambre ; mais un grand rideau, qu'elles avaient placé là d'un commun accord, coupait la pièce en deux.

Aucune réelle intimité n'unissait Alexandrine et Madeleine ; seulement une affection paisible et sûre, nouée par les liens de l'habitude. Elles étaient trop dissemblables d'esprit, de pensées, pour songer à échanger leurs impressions. D'ailleurs, Madeleine, comme les autres, s'imaginait que l'infirme ne s'intéressait guère à eux, elle ne comprenait pas la réserve dans laquelle s'enfermait le cœur meurtri d'Alexandrine, et la cadette prenait cette réserve pour de l'indifférence.

Leur vie, leurs goûts, leurs occupations, leurs préférences, n'avaient aucun point de commun ; aussi n'avaient-elles jamais songé, pas plus l'une que l'autre, à échanger des confidences.

Quand elles montèrent, ce soir-là, Alexandrine suivit sa cadette dans la partie de la chambre qui lui était réservée. Elle s'assit sur une chaise basse, croisa sur ses genoux ses mains trop pâles, et dit :

— Ecoute-moi.....

— C'est vrai..... J'oubliais que tu as un secret à me confier. Voyons, de quoi s'agit-il ?

— Tu ne devines pas ?

Madeleine s'assit au pied du lit ; elle répondit posément :

— Pas du tout.

— Cherche bien.

— Voyons, tu as reçu une visite tantôt ?

— Justement.

Les yeux de Madeleine brillèrent :

— Un homme, une femme, un enfant ?

— Allons, tu as deviné. Oui, c'est le grand Pierre.

— Il est venu te faire la cour, je parie ! fit-elle en riant, sans réfléchir.

Mais aussitôt, devant la pâleur subite d'Alexandrine, elle comprit son étourderie ; elle glissa à genoux près de sa sœur et lui entoura le cou de ses deux bras.

— Pardon, ma grande. Je n'ai pas voulu être méchante, je te promets.

L'autre hocha la tête.

— Je le sais bien que tu n'es pas méchante. C'est moi qui suis une sotte d'être aussi susceptible..... Comme si je n'étais pas encore habituée à me voir tournée comme Polichinelle..... Depuis le temps, pourtant..... Mais il ne s'agit pas de moi. Pierre voulait te voir.

— Ah!

— Il avait à te parler.

— Vraiment!

— Et comme tu tardais à rentrer, il est reparti, me laissant le soin de te dire la chose.

Toujours à genoux sur le plancher, les yeux graves, la cadette interrogea :

— Que t'a-t-il dit?

— Il m'a dit qu'il t'aime..... Tu peux être fière, va, d'être aimée par un homme comme lui..... Il veut te demander de devenir sa femme bien vite. Il n'osait pas te l'avouer, tu l'intimides, sais-tu..... Il reviendra demain, je lui ai promis que tu serais ici, que tu lui répondrais.

— Pas si tôt! s'effraya Madeleine.

— Pourquoi?

— Je ne sais pas. Il faut que je m'habitue à cette idée.

— Madeleine, voyons, tu l'aimes, n'est-ce pas?

— Mais oui, bien sûr.

— Ne réponds pas en l'air, la question est si grave.....

— Que veux-tu de plus?..... Je ne peux pas te dire ce qui n'est pas. Pierre me plaît, c'est vrai. Mais je ne suis pas pressée, voilà tout.....

— Il va souffrir, le pauvre garçon.

— Comme tu prends son parti..... Tu tiens à lui tant que cela!..... On dirait que tu as les yeux humides.....

— Moi, les yeux humides! tu rêves! M'a-t-on jamais vue pleurer, ici?

— Non, c'est vrai, convint Madeleine.

— Tu vois bien. Seulement, je songe que Pierre aura du chagrin.

— Mais je lui demande de la patience.

— Il en a déjà eu beaucoup..... Prends garde.....

— A quoi?

— Et s'il se lassait?

— Lui! Allons donc, je le connais, va. Il m'attendrait dix ans, vingt ans ! s'exclama-t-elle, sûre de son empire.

— Madeleine, comment peux-tu jouer ainsi avec le cœur d'un homme?

— Oh! pas de grands mots, je te prie. Laisse ça à tes livres. Je ne joue pas : j'agis à ma guise. A certains jours, cette existence paysanne m'abrutit, m'ôte toute idée. Il me semble que je voudrais autre chose.

— Quoi?

— Je ne sais trop, du nouveau. Vois-tu, j'ai été élevée en ville, j'ai vu ce qu'étaient les autres enfants, quelle vie était la leur..... La mienne est si monotone.

— Peux-tu parler ainsi !

—Tu ne me comprends pas, toi qui n'as pas quitté la maison, et puis tu as une autre nature, plus résignée, plus tranquille.

— Plus tranquille..... oui..... fit amèrement Alexandrine. Dis donc que je ne sens rien, pendant que tu y es.....

Madeleine ne répondit pas. L'aînée, alors, songeant à sa mission, insinua :

— Que répondras-tu, demain?

— D'abord, je ne répondrai pas.

— Comment?

— Non, je ne serai pas chez nous. Tu as oublié que c'est la fête de Soublet et que le père m'a autorisée à y aller. Tu diras à Pierre d'attendre, que nous sommes trop jeunes.

— Réfléchis bien, je t'en prie.

— C'est tout réfléchi. Bonsoir, ma grande, je tombe de sommeil, couchons-nous. Tu pourras dire à Pierre que tu es une bonne commissionnaire.

— Ma petite Madeleine, ne laisse pas échapper le bonheur. Tu serais heureuse avec Pierre.

— Plus tard, plus tard, rien ne presse. Crois-tu donc que je ne suis pas plus heureuse que Françoise!

— Non!

— Allons donc! elle ne quitte jamais sa marmaille et toute la journée reste attachée à la besogne. Moi, je travaille, c'est vrai, mais j'ai mes dimanches, je fais ce qui me plaît, je ne dois pas rendre de compte à un mari plus ou moins exigeant..... Et Pierre sera exigeant, je te l'affirme. Je ne veux pas encore enchaîner ma liberté, mais je suis très reconnaissante au grand Pierre de sa démarche.

— Vraiment! fit Alexandrine d'un ton étrange.

— Oui, vraiment.

— Je te croyais moins égoïste, Madeleine.

L'autre ne répondit pas et se planta devant la glace pour dénouer ses cheveux. L'aînée souleva le rideau, et dit un peu froidement :

— Bonsoir.

— Bonsoir, répliqua Madeleine, sans se retourner.

De l'autre côté du rideau, la prière de l'infirme dura longtemps. Quand Alexandrine fut au lit, elle souffla la bougie et aperçut de la lumière derrière la cloison de percale.

— Tu n'es pas couchée, Madeleine?

— Si.

— Tu réfléchis à ce que nous avons dit?

— Non. Je lis une lettre de Louise.

— Que dit-elle d'intéressant?

— Elle est contente. Bordeaux est une jolie ville. Sa maîtresse la comble de gâteries.

— Cela ne durera peut-être pas toujours.

— Tu as l'esprit tourné au noir, aujourd'hui, ma pauvre grande!

Le rire frais de Madeleine s'égrena dans la pièce close, pareil à quelque cascade perlée. L'aînée se tut. L'autre reprit sa lecture :

Ma chère Madeleine,

Je suis une des créatures les plus heureuses de la terre. Bordeaux est une ville superbe, avec des magasins, des toilettes! Les femmes sont d'une élégance que tu aimerais. Je n'ai pas trop de travail. Je sors tous les dimanches. Ma maîtresse est très aimable et me gâte énormément. Dès qu'un de ses corsages a servi six ou sept fois, elle me le passe. J'hérite aussi de ses chapeaux. Et, tu sais, j'ai campo tous les dimanches! On me regarde un peu quand je me pavane sur les Quinconces.

Mais tu me manques bien, va. Je te voudrais ici. Je mets de l'argent de côté. Avant quelques mois, je louerai une chambre meublée, je m'y installerai et je me placerai dans un magasin comme vendeuse. C'est plus chic que d'être domestique et l'on se marie mieux.

Tu devrais venir. Nous partagerions la même chambre ; la ville, tu sais, c'est autrement beau que notre coin perdu du Béarn. Les rues sont animées, ce n'est pas comme ce pauvre chemin de Lascayous où passent quelques charrettes, une fois par semaine, le mardi, jour du marché de Mont-Bourguey.....

C'est aujourd'hui dimanche. Si tu me voyais t'écrivant ! J'ai un jupon de tussor, une jupe en belle serge bleue, une blouse de linon, échancrée en cœur, s'il te plaît! Sur les joues, un « soupçon de poudre », comme dit ma maîtresse. Dans trois mois, j'espère bien déposer mon tablier de femme de chambre, et t'avoir ici. Avant, j'irai peut-être faire un tour au pays. On ne me reconnaîtra plus et je ferai plus d'une envieuse.

Je t'embrasse bien et suis ton amie de cœur pour la vie.

LOUISE.

Madeleine replia la lettre, la glissa dans le tiroir de sa table de chevet, puis souffla sa bougie.

Cinq minutes après, elle dormait profondément, rêvant de jupons de tussor, de blouses de linon.

De l'autre côté du rideau, les yeux ouverts dans la nuit, Alexandrine songeait à Madeleine, à Pierre, à la vie..... Comment Madeleine, la privilégiée, ne comprenait-elle pas le bonheur qui s'offrait à elle ?..... N'était-elle donc pas attirée comme les autres femmes vers une perspective de foyer..... séduite par le désir d'avoir autour d'elle un essaim de jeunes têtes..... Elle avait presque dédaigné l'existence de Françoise, cette existence que la pauvre infirme, seule dans sa chambre, a enviée parfois follement jusqu'à en pleurer.

Et pourquoi faut-il que ce qui la tente si fort lui soit interdit, à elle, la disgraciée, alors que tout va à Madeleine, tout, la beauté physique, les promesses de la vie, l'amour.....

Une révolte s'empare d'Alexandrine. Sous son aspect débile, dans sa pauvre poitrine resserrée, bat un cœur de feu.

Tout à coup, un revirement s'opère en elle : comment se fait-il qu'elle ait eu la force de plaider pour Pierre, tout à l'heure ?..... Comment a-t-elle pu supplier Madeleine de devenir sa femme ?.....

Mais elle sait bien le seul remède qui la calme, dans ces crises-là ; elle sait bien que si elle a eu le courage de remplir sa mission, d'intercéder pour Pierre, c'est qu'avant le retour des champs, alors qu'elle était toute seule dans la vaste cuisine, elle a pris son chapelet et a prié.

Maintenant, il lui semble qu'elle ne peut plus articuler un mot de prière, que Dieu l'abandonne, qu'elle est seule, toute seule au monde, avec sa détresse immense. Elle joint les mains machinalement, dans un geste instinctif d'appel éperdu.

Et voici qu'elle se souvient tout à coup d'une parole qu'on lui a dite, un soir de cet hiver, alors qu'elle traversait comme souvent une pénible passe morale.

— Mon enfant, appelons Dieu sans cesse, dans nos heures de trouble. Quelquefois, il ne répond pas d'une manière visible, c'est vrai, mais ne craignez pas. Il veille. Lorsque nous nous croyons abandonnés, il est là, tout près, il voit nos meurtrissures..... Offrons-les-lui toutes, de grand cœur : nous serons, quand même, bien au-dessous de son agonie atroce, de sa sublime offrande sur le bois de la croix.

Qui donc a dit à Alexandrine ces phrases consolantes qu'elle aime à répéter ? Elle cherche dans sa tête douloureuse. Et, soudain, elle se rappelle : c'est l'abbé Bardet, le curé de Lascayous.

Lorsqu'elle sent la tâche trop lourde pour ses épaules, lorsque la révolte est dans son âme, elle a recours à lui. Lui seul sait trouver les mots à la fois délicats et forts pour relever le courage de l'infirme; lui seul connaît à fond ce cœur meurtri, assoiffé de joies, désireux de tendresse.

Il a deviné toute l'âme ardente et passionnée ; souvent, cette vitalité intérieure, cette fougue l'a effrayé. Il essaye d'orienter ce cœur tourmenté vers Dieu, complètement, absolument.

Le but est rude à atteindre. Car Alexandrine, exaltée parfois, emportée par de beaux élans, retombe ensuite lourdement, désemparée. Et c'est à recommencer. Mais le prêtre ne se lasse pas : il est depuis longtemps dans la petite paroisse et il s'est attaché à cette âme souffrante qu'il a toujours suivie de son regard paternel.

Il sait que les parents d'Alexandrine, d'excellentes gens, mais des travailleurs absorbés uniquement par le côté matériel de l'existence, ne comprennent pas, ne comprendront jamais que tout ce qui manque au physique chez leur fille est compensé largement par une grande richesse de sentiments, par une sensibilité, une susceptibilité, une impressionnabilité extrême, dangereuse.

Pour empêcher l'infirme de s'absorber en elle-même, de se replier sur son mal, le prêtre a eu l'idée de lui faire enseigner l'harmonium par sa sœur à lui, Mlle Blanche. Et depuis des années la vieille demoiselle et Alexandrine se relayent à l'instrument, le dimanche. Alexandrine éprouva une joie d'enfant la première fois où l'abbé Bardet lui parla de son projet, et tout de suite, avec sa nature excessive, elle se passionna pour la musique religieuse qu'elle rendait avec un art instinctif.

Le dimanche, elle restait au logis. Son infirmité la rendait gauche et sauvage. Les autres allaient en promenade. Elle lisait n'importe quoi, ce qui lui tombait sous la main, le plus souvent des journaux locaux d'esprit anticlérical. On allait pourtant à la messe, chez Dominique. Mais Bernaton s'y rendait par esprit de routine, non par conviction comme les vieux à la foi simple et forte.

L'abbé Bardet, qui connaissait son monde, vint encore au secours d'Alexandrine. Avec un tact, un goût très sûr, il lui prêta des livres, des revues. L'esprit ouvert, l'intelligence vive de l'infirme furent vite pris par la lecture, et les meilleures journées que vivait Alexandrine étaient celles qu'elle passait en tête à tête avec ses livres.

Mais, ce soir-là, elle ne pensait guère à la lecture du lendemain, car il lui faudrait recevoir Pierre, lui dire que Madeleine n'était pas pressée, voulait attendre.....

Longtemps, Alexandrine songea. Et seulement quand l'aube livide parut à l'horizon, les yeux de l'infirme se fermèrent sous un sommeil lourd.

## IV

### UN DIMANCHE

Le soleil, un clair soleil de mai, se glissa dans la chambre des jeunes filles. Madeleine s'éveilla, une chanson sur les lèvres, une joie soudaine dans les yeux, à l'idée que c'était dimanche, qu'il faisait beau temps et qu'elle allait à la fête de Soublet.

Quand elle fut prête, à la hâte elle descendit à la cuisine où déjà Alexandrine était à la besogne. Elles ne reparlèrent pas de la conversation de la veille et Madeleine se mit à l'ouvrage. De temps à autre, elle regardait la pendule.

Puis elle sortit dans la cour pour donner le grain à la volaille. Dans l'étable, chantant à tue-tête, Alexandre soignait les bêtes. Le vieux Dominique dans ses habits du dimanche — car il était allé à la première messe — se promenait, les mains derrière le dos, dans le potager. Un moment, il s'arrêta et considéra avec complaisance l'aspect de la maison : autrefois, du temps de son aïeule, il n'y avait qu'un rez-de-chaussée ; ensuite, la famille avait augmenté, on avait surélevé d'un étage; après, il avait fallu ajouter une sorte de pavillon. Et maintenant, c'était une bâtisse un peu lourde, peut-être, mais que l'on sentait accueillante et confortable, avec sa grande porte en bois gris, ses six fenêtres exposées au Midi.

Une envolée de cloches s'épandit dans la campagne : l'appel pour la grand'messe.

— Il faut aller s'habiller, dit Madeleine.

Les deux sœurs montèrent. La cadette paraissait un peu nerveuse.

— Songe-t-elle à Pierre? se demandait l'infirme tout en l'observant.

Pendant la journée, le rideau qui séparait la chambre des deux sœurs était généralement relevé, ce qui donnait à la pièce un petit genre coquet. Aujourd'hui, il était encore abaissé. Alexandrine voulut le passer dans l'embrasse, mais Madeleine l'arrêta :

— Non, attends, je veux te faire une surprise.

— Je parie que tu as encore transformé ta blouse rose !

— Tu verras, tu verras..... répondit l'autre en riant.

Alexandrine commença sa toilette ; elle entendait de l'autre côté de la cloison de cretonne un crissement d'étoffes froissées, de rubans noués. L'aînée passa une jupe et un corsage bleu marine; sur ses épaules étroites, elle drapa un châle de même couleur pour dissimuler un peu sa difformité. Elle s'aperçut dans la glace, si frêle, si peu de chose, si grotesque, qu'elle eut un sourire de pitié. Elle arrangea ses cheveux qu'elle avait fins et abondants; elle essaya de leur donner un pli seyant qui adoucirait un peu sa figure dure aux yeux de feu, aux prunelles trop grandes.

Puis elle s'approcha de son armoire en noyer ciré, comme celle de Madeleine : un cadeau du père.

Elle l'ouvrit, en tira un gros livre de messe — son missel

de première Communion — bien usé, depuis si longtemps qu'il servait. Françoise et Madeleine en avaient eu un semblable : celui de Madeleine était encore tout frais.

D'une boîte recouverte de cretonne, Alexandrine tire son « capulet » en fin drap blanc, garni d'un galon brillant, blanc aussi : c'est la coiffure des jeunes filles de Lascayous. Ce capulet élégant, qui encadre bien les figures jeunes et s'arrête après les épaules, a été confectionné, le mois dernier, sur le même modèle et en même temps que celui de Madeleine. C'est la cadette qui a exigé la finesse du drap et le brillant du galon.

Devant la glace, l'aînée met son capulet. Enserré dans la laine blanche, son pauvre visage paraît plus émacié, plus souffreteux. Elle sourit pourtant à son image, car ce blanc lui plaît. Si elle était une jeune fille comme les autres, elle s'habillerait de blanc les jours de fête. Mais, ainsi tournée, on se moquerait d'elle, elle ne peut se permettre que le capulet.

— Es-tu prête? interroge la voix impatiente de la cadette.

— Oui. Et toi?

— Presque..... Attends une seconde..... Là..... ça y est..... Viens voir.

Alexandrine relève le rideau et pousse une exclamation :

— Madeleine!

— Eh bien! quoi? ma surprise n'est pas de ton goût? Tant pis!

— Mais comment as-tu osé? fait l'autre, stupéfaite.

— Allons, ma grande, conviens avec moi que ce chapeau fait mieux sur ma tête que le foulard ou le capulet. Louise m'a envoyé cette merveille de Bordeaux. C'est gentil, hein? Et cela va admirablement avec ce corsage.

— Madeleine, je ne te comprends pas.

La cadette hausse les épaules. L'autre insiste :

— Jamais on n'a porté de chapeau chez nous!

— Aussi, je commence. Libre à toi de m'imiter.

— Non. Que vont dire nos parents?

La figure de Madeleine s'assombrit.

— Bah! Je les déciderai bien, à présent que je l'ai.....

Le second appel de la messe résonnait.

— Madeleine! implora Alexandrine.

— Eh bien!

— Remets ton capulet, je t'en prie!

— Ah! non, par exemple!

Elle descendit la première dans la cuisine. Tous étaient réunis, sauf Bernaton.

— Chouette, très chouette, la Madeleine! cria Alexandre.

Les deux vieux, muets d'étonnement, se regardèrent en hochant la tête, renonçant à comprendre.

— Quelle plaisanterie ! fit Mariotte en riant.

Puis, flattée, la paysanne ajouta :

— C'est que, tout de même, ça lui va, à cette gamine! Où as-tu acheté ça ? à Mont-Bourguey ?

— Non, à Bordeaux. Louise me l'a envoyé par sa mère.

— Ah ! la friponne ! continua Mariotte sans se fâcher.

— Tu permets ça, Mariotte ! reprocha la vieille Méniquette de sa voix lente. Prends garde, ma fille. Nous avons des foulards et nous n'avons pas été plus malheureuses que d'autres..... Cette petite a trop le goût de la toilette..... Elle a tort.....

— Mais je ne suis pas la seule à avoir un chapeau à Lascayous, objecta Madeleine.

— Je sais..... Je sais..... Bientôt tu auras honte de tes sœurs.

— Oh! grand'mère!

— Je sais ce que je dis, petite. La toilette, vois-tu, quand elles l'aiment, c'est la perdition des femmes.

Personne ne répondit. Le père entrait.

— Ah çà ! fait-il, abasourdi, qui t'a prêté ce monument ?

— Il est à moi, papa, vous plaît-il ? répliqua-t-elle, payant d'audace.

— Mais.....

La séduction des yeux sombres, augmentée par l'ombre du grand chapeau, agit sur Bernaton comme un charme.

— Tu ressembles à la demoiselle du château comme ça!

— Tu l'autorises? questionna l'aïeule, la voix pleine de reproches.

L'autre, mis en bonne humeur dès le matin par l'acquisition d'un champ qu'il convoitait de longue date, répondit avec bonhomie :

— Si ça lui chante, laissons-la faire ! Voici le troisième coup de la messe. Dépêchons.

Les femmes partirent en avant, silencieuses. Madeleine se redressait, avançait, raide, la tête droite, attendant l'effet que produirait sur le village l'apparition de sa paille blanche garnie de roses. Les autres, gênées, paralysées de ne pas se sentir au diapason, ne disaient rien non plus.

Seule, l'aïeule semblait indifférente au succès de sa petite-fille. Elle portait, comme toutes les vieilles femmes, la grande cape du pays, une mante qui enveloppe étroitement, de la tête aux pieds, avec de larges plis qui se drapent d'eux-mêmes autour du corps et remontent un peu vers les bras.

La messe commençait quand elles entrèrent dans la petite église. Madeleine alla prendre sa place parmi ses compagnes. Aussitôt, ce fut un remue-ménage : toutes les têtes se tournèrent et l'on entendit quelques exclamations chuchotées :

— Par exemple!

— As-tu vu la Madeleine de chez Bernaton?

— Quelle demoiselle ! Elle se croit !.....

Mlle Blanche qui, ce dimanche-là, était à l'harmonium, fit un grand geste de la main pour imposer silence. Toutes les physionomies firent mine alors de s'enfoncer dans leurs livres, mais les esprits restaient troublés, et pendant l'office, plus d'une tête encadrée par le capulet s'orienta furtivement dans la direction de la jeune fille.

Madeleine suivit bien mal sa messe ce jour-là. A l'Elévation, elle n'osa pas trop s'incliner de peur de compromettre l'équilibre de son chapeau.

Derrière sa sœur, un livre entre les mains, Alexandrine priait. Plus loin, Mariotte, à la dérobée, ne pouvait s'empêcher d'admirer sa fille cadette.

La vieille aïeule, sur son prie-Dieu, les yeux recueillis sous la grande cape noire, les mains jointes, disait son chapelet. Elle lisait trop lentement, elle aimait mieux dire à Dieu les prières qu'elle savait par cœur. Près d'elle, Françoise était agenouillée au milieu de sa petite famille. A la tribune, Jacques avait les yeux sur un gros paroissien à tranches rouges.

Quand l'office fut terminé, après la prière pour les âmes du purgatoire, les femmes sortirent. Les hommes, leurs bérets béarnais sur la tête, vêtus de leur veste du dimanche, étaient déjà réunis sur la place. Quelques vieux, deux ou trois seulement — dont le père Bernaton — portaient la large blouse en toile bleue. Parmi les autres, quelques-uns avaient remplacé le béret de laine bleue par un chapeau de feutre mou, acheté à la ville, un jour de marché, pour 3 fr. 60.

Les femmes rentrèrent chez elles par bandes. Les unes avaient le foulard noué autour du cou ; les autres, les veuves, les vieilles, celles qui étaient en deuil, enveloppées dans la cape noire. Certaines, en quittant l'église, pliaient soigneusement leur mante et la portaient sur le bras.

Les jeunes filles s'arrêtèrent un moment devant la croix de fer, souvenir d'un jubilé. C'était là leur rendez-vous, chaque dimanche. Toutes entourèrent Madeleine. Celle-ci, de bonne grâce, se laissait examiner, questionner. Sur vingt jeunes filles de la commune, elles étaient quatre maintenant à être coiffées en chapeau : inconsciemment, elles s'éloignaient déjà des autres.

Un paysan tout jeune, la mine éveillée, passa :

— Savez-vous que c'est un beau brin de fille, la Madeleine !

Elle rougit un peu, fière au fond du compliment. Mais jamais le grand Pierre ne l'avait habituée à cette hardiesse qui souligne certaines phrases, et jamais, non plus, il ne l'avait regardée avec les yeux qu'avait cet homme tout à l'heure.

Un peu gênée, elle expliqua à ses compagnes qui riaient :

— Je rentre chez nous parce que je suis invitée chez des cousins pour la fête de Soublet : j'y vais avec Alexandre.

— Où est-il donc, Alexandre ? questionna une jeune fille.

— Il s'habille.

— Et la messe ?

— La messe ? Il dit comme ça que c'est bon pour les vieux et pour les femmes.

La bande se mit en branle. Les hommes causaient toujours. Le grand Pierre était là, au milieu d'eux. Il détourna la tête, n'osant pas approcher cette belle jeune fille coiffée en chapeau.

Madeleine rentra et monta dans sa chambre. Elle s'examina avec plaisir dans la petite glace achetée au bazar de Mont-Bourguey.

— Cette glace est trop petite, pensa-t-elle. Il m'en faudra une autre.

Alexandrine la trouva une petite boîte entre les mains.

— Je te cherchais. Alexandre a attelé. Il t'attend. Que fais-tu ? Tu t'enfarines ?

— Que tu es bête ! répond l'autre en riant. Tu vois bien ! je mets de la poudre.

— De la poudre !

— Oui, de la poudre de riz : j'ai les joues trop rouges, ce n'est pas distingué.

Elle se sauva par l'escalier, grimpa dans la carriole, et l'aînée accoudée à la fenêtre vit s'éloigner la voiture et entendit le rire insouciant de Madeleine qui venait à elle, porté par la brise.

Alexandrine joignit les mains.

— Pourvu qu'elle ne fasse pas souffrir nos parents! Elle est bonne, pourtant, très bonne, et je l'aime bien... Mais elle est légère, et puis elle a trop de goût pour les chiffons.

Une idée la frappa soudain :

— Je parie que cette Louise lui fait du mal!

Pour la première fois de sa vie, l'infirme ouvrit le tiroir de sa sœur. Elle trouva la lettre de Louise et la prit. Cette lettre n'était même pas arrivée par la poste : Madeleine aurait trop craint de la montrer aux parents : elle lui avait été remise par la mère de Louise, femme vaniteuse, qui avait poussé sa fille à aller en ville pour ne pas lui voir abîmer ses mains au travail de la terre.

Alexandrine hésita une seconde, puis, obéissant non à une vulgaire curiosité, mais à son désir d'éviter aux siens toute souffrance, elle lut.

— A présent, je comprends, murmura-t-elle en repliant les feuillets. Que faire ?

Assise sur une chaise basse, les mains jointes, elle cherchait une solution. Ses yeux erraient sur la partie de la chambre réservée à Madeleine, sur la cloison décorée de gravures aux teintes criardes, de bouts de rubans, de cadres dorés. Puis, elle regarda son coin à elle, avec le Christ en bois foncé, le bénitier tout simple, les murs nus.

L'aînée songeait toujours, se demandant ce que l'avenir réservait à cette enfant dont le rire jeune vibrait encore à ses oreilles.

D'en bas, le père appela :

— Eh bien! Alexandrine, la soupe se fait toute seule aujourd'hui?

— C'est vrai, murmura-t-elle. Que je suis lasse!

Elle passa la main sur son front et, tout haut, répondit :

— Je descends, père.

Elle apparut dans l'escalier, toute pâle, les yeux cernés, mais un bon sourire sur les lèvres.

## V

### APRÈS LA FÊTE DE SOUBLET

Les Vêpres finissaient. Alexandrine, sans hâte, referma l'harmonium. Puis elle s'agenouilla. L'église se vidait hâtivement. L'infirme prolongea sa prière plus que de coutume. Lorsqu'elle sortit enfin, la place était déserte.

Au lieu de suivre le chemin qui menait chez elle, Alexandrine se rendit chez le grand Pierre. Elle voulait lui éviter la peine de venir à la maison puisqu'il ne devait pas y trouver celle qu'il voulait voir.

Le jeune homme lisait, près de la fenêtre. Il vit s'approcher la sœur de Madeleine et alla à sa rencontre. Il essaya en vain de déchiffrer son arrêt sur cette figure pâle, éclairée par les deux yeux étranges et profonds. Il fit entrer Alexandrine dans la pièce où se tenait sa mère.

Après quelques mots échangés, il dit, un peu brusquement :

— Vous pouvez parler devant ma mère, elle connaît mon secret.

Alexandrine répondit :

— Je le pense bien. Je sais que vous êtes trop bon fils pour rien cacher à votre mère. Je vous connais, allez !

— Tant que ça ! fit-il, essayant de plaisanter pour atténuer la gravité de l'heure.

Sérieuse, la voix recueillie, le regard s'en allant au loin par la fenêtre ouverte, elle avança :

— Oui, tant que ça.....

Quelque chose, dans son ton, parut singulier à Pierre, et il ne répondit pas. D'ailleurs, une autre idée le dominait, il voulait savoir ce qu'avait dit Madeleine.

Les bras croisés, il attendit ce qu'Alexandrine allait lui apprendre. Elle parla :

— Ecoutez, Pierre. Madeleine avait engagé sa journée depuis hier matin : je l'avais oublié.

— Ah !.....

— Elle avait promis d'aller à la fête de Soublet, vous comprenez.....

— Oui, je comprends, c'est très sérieux, en effet, prononça-t-il ironique. Lui avez-vous fait ma commission ?

— Oui.....

— Et elle a ri de moi, dites-le donc tout de suite !

— Elle n'a pas ri et n'a rien répondu. Elle vous demande d'attendre..... Elle se trouve trop jeune.....

— Et moi, je suis trop paysan pour elle. J'en ai eu l'idée ce matin en la voyant si belle. N'en parlons plus. C'est fini.

Il laissa tomber son front entre ses mains. Sans honte, il s'abandonnait à son chagrin devant sa mère; quant à la présence d'Alexandrine, il n'y pensait guère. Elle restait toujours si effacée! Mais elle, bouleversée de voir sa peine, se leva et vint à lui. Elle mit ses deux mains sur les épaules de Pierre.

— Ecoutez-moi bien, Pierre..... Je vais vous dire la vérité..... Madeleine est une enfant..... De la vie, elle ne connaît encore que la joie..... Moi, je crois qu'elle vous aime, mais elle ne le sait pas encore..... Un jour, elle s'en apercevra, croyez-moi..... Elle est encore très jeune : parce que Dieu l'a épargnée, elle n'a jamais su ce que c'est de souffrir.....

La douleur de Pierre le rendit injuste :

— Vous n'avez pas su lui parler, reprocha-t-il.

Elle ne dit rien, mais elle ôta ses mains qui s'appuyaient aux épaules robustes et elle se rapprocha de la fenêtre. La vieille femme la suivit et, tout bas, murmura :

— Ne lui en veuillez pas, petite, il ne sait pas ce qu'il dit..... C'est le chagrin.

Alexandrine se taisait toujours. Alors la mère de Pierre s'aperçut que les yeux de l'infirme étaient pleins de larmes.

— Voyons, ce n'est pas raisonnable.....

— Ce n'est rien, tranquillisez-vous. Je rentre vite chez nous. Il est tard!

Déjà Pierre, honteux de sa rudesse, les rejoignait.

— Pardon, Alexandrine, j'avais tellement mal!

Elle le regarda avec des prunelles emplies d'une tendresse infinie qu'il ne sut pas lire.

— Je ne vous en veux pas, je comprends votre peine, mais je suis stupidement nerveuse ces temps-ci, moi, si dure aux larmes, je ne sais pas ce que j'ai.....

— N'êtes-vous pas souffrante? vous paraissez lasse, en effet.

Elle se raidit :

— Non, non, ce n'est rien.....

— La paix est faite? Vous me gardez votre amitié?

Elle lui tendit ses deux mains :

— Je vous la garderai toujours! Je voudrais vous voir heureux, vous..... et Madeleine.

Elle eut peur de se trahir et prit vite congé de ses amis. Sur le seuil du jardin, elle eut la force de prononcer :

— Et surtout, espérez..... Elle vous reviendra..... Plus tôt que vous ne le pensez!

Au vol, la mère de Pierre saisit le regard brûlant d'Alexandrine et elle comprit soudain le secret de l'infirme. Elle murmura, les yeux fixés sur la silhouette contrefaite qui s'éloignait :

— Pauvre petite !

— Oui, elle est étrange, ne trouvez-vous pas?

— Pauvre petite, répéta la mère : songe un peu à la vie qui sera la sienne..... C'est une femme, pourtant, elle en a le cœur, la tendresse..... Tout cela sera inemployé..... Elle possède la jeunesse et elle n'en profite que pour souffrir.....

Revenant à son fils, elle continua :

— Mon petit, tu as du chagrin.....

Simplement, il avoua :

— Oui, mère.

— Ecoute bien, je suis de l'avis d'Alexandrine. Madeleine est une enfant. Le jour où son cœur s'éveillera, elle te le donnera.

Il hocha la tête, d'un air de doute.

— Si, tu verras.

— Je ne le crois pas.

— Eh bien! alors, c'est qu'elle ne méritera pas ton amour, il faudra l'oublier.

— Non, mère, cela ne me sera pas possible. Je ne me marierai pas, je resterai avec vous.

— Et quand je n'y serai plus?.....

— Ah! taisez-vous, vous me faites mal!

— Mon pauvre enfant, il est nécessaire, pourtant, de songer à certaines choses.....

— Non, non, pas cela! protesta-t-il encore.

Il arpenta la pièce à grands pas, les bras croisés, et, la voix âpre, lança :

— Ce qu'il lui faut, je vais vous le dire, il lui faut des robes brodées, des blouses en dentelle..... Avez-vous vu, ce matin, ce beau chapeau!

La mère baissa la tête.

— Oui.

— Où s'arrêtera-t-elle? La toilette, le bal, voilà ce qu'elle veut..... N'a-t-elle donc pas de cœur ?

Les yeux durs, il s'arrêta devant la vieille femme. Celle-ci, simplement, lui tendit les bras.

Alors, il tomba à genoux près d'elle, et là, appuyé sur son épaule, comme un petit enfant, il se plaignit :

— Et pourtant, malgré tout, je l'aime.....

— Elle t'aimera, redit la mère.

Un silence passa.

Puis le grand Pierre se releva. Il s'essuya les yeux du revers de la main, et, la voix naturelle, d'un ton ferme, il précisa :

— A présent, c'est fini. Le jour où elle me voudra, elle viendra me le dire. Elle me trouvera toujours. Moi, je n'en parlerai plus, ni à elle ni à personne..... Le domestique est à la fête de Soublet, lui aussi, je vais donner à manger aux bêtes.

Il sortit dans la cour, le visage détendu, les traits moins contractés.

Restée seule, la mère soupira. Une larme, lentement, coula sur sa joue..... Elle n'eut pas besoin de tracer de sillon, car le pauvre visage, meurtri par les douleurs de toute sorte, était bien ridé..... Naturellement, la larme s'engagea dans l'une de ces rides, et roula sans hâte, pauvre larme de vieille femme qui sent approcher sa fin, qui songe à ce qu'elle devra quitter....

Puis la veuve prit son rosaire, et ses doigts usés, pieusement égrenèrent les pierres noires, rendues luisantes par l'usage.

On était déjà à table, quand la carriole qui ramenait Alexandre et Madeleine s'arrêta devant la porte. Tandis que le jeune homme s'occupait du cheval, Madeleine entra dans la cuisine, les joues en feu, le regard brillant, la coiffure en désordre.

— Vous mangez déjà la soupe?

— Vous êtes en retard, répliqua le père. Dépêche-toi.

Elle enleva son chapeau, le posa sur une chaise et s'assit à sa place.

— Crois-tu que vas souper dans ce costume ! reprit le père. Et puis, n'est-ce pas, ta mère et ta sœur feront le service ; toi, tu seras la demoiselle, c'est cela.....

Elle se releva, prête à obéir. On n'avait jamais résisté au père. En elle-même, Madeleine se demandait ce qui avait bien pu changer ainsi l'humeur de Bernaton. Elle avait déjà un pied sur la marche de l'escalier, quand il poursuivit :

— Et tu ne remettras plus cette casserole de malheur. Tu m'entends. On a assez colporté de choses sur ton compte, tantôt ; on en a dit long chez Simonnet sur ta coquetterie! et le reste.

— Mais, père.....

— Assez. Il n'y a pas de fumée sans feu, qu'on prétend. Si tu étais simple comme d'autres, on se tairait.

Madeleine monta sans répondre. Deux minutes après, elle reprenait sa place, ayant mis son corsage de tous les jours. Alexandre rentrait au même moment. Il paraissait taciturne et regardait obstinément son assiette.

— Ça ne vous réussit pas les fêtes! lança Bernaton.

L'autre, prêt à la rébellion, fronça les sourcils.

— Eh pourquoi?

— Pourquoi! tu rentres avec une mine renfrognée ; ta sœur, avec son chapeau de travers, ses cheveux ébouriffés.

— Elle a dansé, et puis il y avait du vent, sur la route.

— Ah ! vraiment..... Vous n'y retournerez pas de sitôt dans les fêtes. Je te le garantis. Ça ne vaut rien à la jeunesse.

Alexandre eut une crispation de la bouche qui ressemblait à un sourire ironique.

— Vous entendez, répliqua Bernaton, vous n'irez plus à Soublet.

Excité, ne voulant pas voir le regard anxieux de sa mère, le jeune homme poursuivit :

— Justement, je voulais vous demander d'y retourner.

Le père se leva brusquement. Pour la première fois, on lui résistait. Sa main s'abattit sur la table, et tout trembla.

— Que dis-tu?

— Je dis que j'irai à Soublet.

— Pourquoi faire? interrogea Bernaton, les dents serrées, se maîtrisant pour ne pas se jeter sur son fils.

L'autre répliqua :

— Pour travailler. J'en ai assez de bêcher, de conduire la charrue, de m'abrutir..... Je n'aime pas la terre, moi, comme les vieux..... Je.....

Terrible, une voix creuse s'élève, écrasant la voix jeune :

— Assez! fainéant!

Le grand-père s'est levé, le bras tourné vers son petit-fils. Cette autorité — qu'il a exercée autrefois et passée ensuite à Bernaton, — il la reprend soudain pour défendre le foyer, la maison, la terre.

Après Dominique, son fils répète :

— Assez! ou l'on te chasse, entends-tu.

— Je vous en prie, interrompt Alexandrine. Demain, on reprendra cette conversation. Ce soir, on ne se possède pas..... Il faisait chaud, Alexandre a...., peut-être un peu bu..... Ses mots dépassent sa pensée, c'est sûr.....

Mais lui l'arrête :

— Non, je sais ce que je dis. Je ne veux plus travailler la terre. Il y a longtemps que j'y pense, mais on ne s'en doutait pas, parce que je gardais tout pour moi. On me traite en enfant, ici. Je veux ma liberté.

— Je te défends de partir! coupe le père.

Alexandre le regarde :

— Je suis majeur, Vous l'oubliez facilement.

Toujours debout, les dominant tous de son prestige de chef de famille, de sa haute taille, l'aïeul, pour la seconde fois, lève son bras, et de cette même voix caverneuse, si impressionnante :

— Va-t'en !

L'autre, comme un défi, relève la tête, mais aussitôt ses yeux se dérobent sous le regard qui le juge. Alexandre prend son chapeau et s'approche de la porte. Là il trouve sa mère. Elle est la seule créature qui ait pu gagner son cœur, à travers une épaisse couche d'égoïsme et d'ingratitude. Il se penche et effleure son visage de ses lèvres. Puis il l'écarte et ouvre la porte.

L'aïeul a toujours le bras levé.

— Au revoir ! fait Alexandre.

Personne ne répond qu'un long sanglot de l'infirme. La porte retombe lourdement, et son bruit sourd semble parcourir, ébranler toute la maison.

Le vieux Dominique abaisse son bras et se rassied. Puis, détournant la tête, dans l'ombre, il porta sa main à ses yeux et écrase, au coin de la paupière, une grosse larme.

Un silence profond suit cette scène.

Alexandrine pleure toujours, accoudée à la table. La mère est montée dans sa chambre. Le père, les bras ballants, reste à la même place, les yeux hébétés, l'air stupide. Tout cela s'est passé si vite, d'une façon si inattendue, qu'ils ne comprennent pas encore.....

Madeleine, les yeux durs, toute flamme effacée de ses joues, se tait.

Et la vieille grand'mère, lentement, sans se lasser, hoche la tête.....

. . . . . . . . . . . . . . . . . . . . . .

Quand les jeunes filles furent dans leur chambre, la cadette timidement demanda :

— Et le grand Pierre, il est venu?

— Non, j'y suis allée.

— Eh bien?

— Eh bien! il a de la peine, voilà. Mais ça t'est bien égal, je pense. Il ne te reparlera plus de rien.

— Ah!.....

Alexandrine la regarda un moment, puis questionna :

— Tu savais le projet d'Alexandre?

L'autre inclina la tête :

— Oui.

L'infirme ne dit rien et souleva le rideau. Sa sœur continua :

— Tu n'as pas besoin de te désoler, va. Soublet est tout près. On le verra souvent. Ce n'était pas la peine de faire tant d'histoires.

— Tant d'histoires!

— Parfaitement. Pourquoi aussi le père ne lui laissait-il pas plus de liberté. A vingt-quatre ans, on n'est plus un gamin. Je le comprends.

— Pas moi. Nous ne sommes pas du même temps.

— C'est possible. Bonsoir. Je tombe de sommeil.

Alexandrine se rapprocha de la fenêtre. Ses yeux essayèrent de percer la nuit opaque..... Où était Alexandre, maintenant..... Peut-être regrettait-il..... Peut-être était-il là..... tout près..... dans l'ombre..... attendant son pardon.....

Elle ouvrit la croisée et se pencha. Son regard fouilla l'obscurité. Elle ne vit rien. Un chien, au loin, se mit à hurler lamentablement. Là-bas, tout au fond, dans la plaine, on apercevait les feux de la fête de Soublet..... Une chouette fit entendre son hululement funèbre. Un vent frais se glissa dans la pièce, éteignit la bougie.

— On gèle ! ferme donc ! cria Madeleine, blottie sous ses couvertures.

Un grand frisson agita le corps souffreteux d'Alexandrine. Elle repoussa les battants, tourna l'espagnolette.

Epuisée, sans même rallumer la bougie, sans se déshabiller, lasse infiniment de corps et d'âme, elle se laissa tomber sur son lit. Elle ébaucha un signe de croix, puis un engourdissement l'envahit toute, aussitôt.

La pendule de la cuisine, la haute et vieille pendule que l'on se transmettait religieusement depuis des générations, dans le silence de la maison, espaça onze coups, tranquilles, calmes et unis, comme si rien ne s'était passé, comme si la vie glissait tout doucement, sans heurts, sans brisures, sans déchirements.....

Le timbre à répétition redit onze coups, tous pareils, aussi paisibles, aussi calmes que les premiers.

Puis le silence retomba, enveloppa la demeure tout entière.

Rien n'est plus impressionnant, dans ces moments de crise, que le complet silence, le vrai, celui qui enferme tant de choses inexprimées.....

## VI

### ALEXANDRINE

Le lendemain, dès que le jour parut, la maison s'éveilla. Chacun reprit ses occupations habituelles. Mais tous évitaient de se parler.

Deux ou trois fois, Alexandrine surprit le regard de sa mère, tourné vers le portail ; attendait-elle, elle aussi, le retour de l'enfant ?.....

La voix rude, plus âpre encore que de coutume, Bernaton donnait ses ordres aux valets, en peu de mots. S'adressant à un ouvrier qu'on louait parfois dans les époques de gros travaux, il dit :

— Nous sommes un de moins chez nous, à partir d'aujourd'hui. Veux-tu entrer comme domestique ?

— Merci, je me suis engagé hier chez Tiennet, pour l'année.

— Bon. N'en parlons plus.

Bernaton chercha ailleurs, ce ne fut pas facile : tant de fermes étaient vides. Un jeune homme voisin, aîné de six enfants, vint se présenter. Sachant le besoin immédiat qu'avait Bernaton d'un aide, il se montra exigeant.

Le fermier, comme tous les paysans, ne déliait pas volontiers les cordons de sa bourse et surtout ne traitait jamais une affaire sans essayer d'en retirer tout le profit possible. Sous prétexte que Xavier n'était pas un « gaillard », il lui offrit 250 francs.

L'autre se récria :

— Non, le prix est 350 francs.

— A ton âge, et un gringalet comme toi, gagner 350 francs! Ça ne s'est jamais vu.

— Je connais le travail et j'abats de la besogne.

— Parlons-en! Je t'ai employé, l'an dernier, deux ou trois fois, et je t'ai vu le nez en l'air plus souvent qu'à ton tour.

— J'étais jeune, alors ; depuis j'ai pris du sérieux.

— Allons, veux-tu 275 francs?

— Patron, vous voulez rire. Donnez-moi 350.

— Non.

— Alors, rien de fait.

Le jeune homme s'en alla, avec une lenteur calculée, espérant être rappelé. Bernaton ne bougeait pas. Cependant, il était perplexe : que fallait-il faire?..... Il n'y avait pas le choix dans le village..... Devait-il chercher ailleurs ?..... L'ouvrage pressait, il ne pouvait attendre.....

— Je vais jusqu'à 300 francs, cria-t-il brusquement. Veux-tu?

— Allons, mettez 25 de plus.

— Non. Ça suffit. Si tu ne veux pas, tant pis. Chez nous, la cuisine est bonne, tu sais : la poule au pot tous les dimanches, et tu ne coucheras pas à l'étable.

Le garçon — bien qu'il fût décidé — eut l'air de tergiverser.

— Eh bé ! va pour 300 francs, dit-il, avec un soupir, mais vous êtes près de vos intérêts.

— C'est bon, c'est bon, on verra si tu mérites davantage. Voilà qui est entendu.

— Oui, notre maître.

Bernaton se détourna et continua à donner ses ordres pour

la journée. Sur le seuil de la porte, assise sur la marche, la vieille Méniquette, comme la veille au soir, hochait la tête, inlassablement.....

Dominique s'affairait, évitait de rester inactif, de peur d'être envahi encore par toutes ces pensées qui cette nuit dans le silence et l'obscurité n'avaient cessé de rôder autour de sa pauvre tête fatiguée.

— Peut-être ai-je été trop dur pour le petit, pensait-il.

Mais quelque chose en lui affirmait qu'il n'avait pas eu tort, ce serait arrivé inévitablement, tôt ou tard. Et le vieux se rendait compte qu'un abîme grandissant, élargi chaque jour davantage, séparait la vieille race fidèle à la terre de cette nouvelle génération curieuse de luxe, de jouissances, avide de connaître la ville, désireuse d'indépendance, de liberté.....

Madeleine allait et venait dans la cour, s'occupant de la volaille ; elle passait et repassait, sans regarder personne, la physionomie fermée, les yeux au loin.

Une fois, elle heurta légèrement son père avec la mesure emplie de grains. Brutalement, il lui dit :

— Tu n'y vois donc pas!

Elle ne répondit rien et s'éloigna. Bernaton, le cou congestionné, les sourcils froncés, serra les poings. Mais il se tut. Il calculait :

— Voilà 350 francs qui partent..... et la nourriture!

Madeleine, ainsi que les autres, sentait que ce n'était plus comme la veille. Toute la nuit avait passé, et, avec elle, était venue la conscience de la scène précédente. Bernaton avait réfléchi pendant des heures.

Cette maîtrise de lui-même — qu'il avait eue dans le premier moment de surprise intense — était épuisée. On voyait qu'à la première contrariété son tempérament sanguin et violent reprendrait le dessus et qu'il se jetterait sur celui qui oserait de nouveau lui résister.

La silencieuse Alexandrine, que son infirmité avait rendue clairvoyante, tout en préparant le déjeuner des hommes, par la fenêtre ouverte, suivait, sur chaque visage, le drame intérieur qui se jouait. Elle ne pensait plus à elle, ni à sa peine, ni à sa lassitude étrange.

Ce dernier coup pourtant, après les autres, l'avait ébranlée,

Un moment, elle se sentit pâlir, et, ne voulant pas tomber, s'assit sur une chaise. Au même instant, sa mère entra.

— Pauvre maman! murmura Alexandrine.

Et, dans un grand geste d'appel, elle tendit ses deux mains vers sa mère..... Elle aussi souffrait..... toutes deux avaient le cœur lourd de larmes refoulées.....

Pourquoi ne pas pleurer un peu ensemble, cœur contre cœur?..... La mère ne comprit pas le mouvement maladroit qui voulait l'attirer, elle ne sut pas lire dans le pauvre regard meurtri.....

Mariotte dit pour couper le silence :

— Alexandre écrira sans doute aujourd'hui.

L'infirme ramena ses bras, dont la mère n'avait pas senti le geste attirant, vers sa poitrine trop étroite, au souffle trop court.

— Tu es souffrante, Alexandrine? s'informa Mariotte.

— Non, mère.

Elle se leva et reprit sa besogne.

— La soupe est prête! annonça-t-elle par la fenêtre, un moment après.

On rentra dans la cuisine et l'on s'attabla, sans rien dire.

Puis Bernaton parla, racontant n'importe quoi. Et tous, dominés par le désir d'échapper à l'obsession, se mêlèrent à la conversation. Les voix étaient monotones, lentes, sans éclat joyeux.

Dehors, le soleil brillait, splendide. On était à la fin de mai. Déjà, le blé et l'avoine — encore un peu bas — ondulaient sous la caresse du vent ; nappe dorée semblant quelque mer de soleil.

La récolte serait bonne. Ce serait, si rien de fâcheux ne survenait, une année exceptionnelle. Dans les prairies, l'herbe, assez haute, promettait une belle fenaison.

Les oiseaux, dans les branches, s'égosillaient. Sur le chemin, une femme passa, chantant quelque complainte de la montagne, aux finales traînant en ton mineur. Tous se turent pour écouter l'air mélancolique. Puis le chant diminua, s'éloigna, devint à peine perceptible, comme un filet d'eau glissant sans bruit entre les herbes.....

Un pâtre longea la haie, suivant son troupeau. Un nuage de poussière s'éleva, et l'on perçut le trottinement menu et serré des moutons. Au loin, tintait l' « esquirou » (1) suspendue au cou des vaches. Ensuite, l'on n'entendit plus rien que le sifflement du berger, et, de loin en loin, le chien qui aboyait, ramenant sans doute quelque brebis égarée.

Dans la cuisine, la conversation ne fut pas reprise.

Et cinq minutes après, sous le grand soleil brûlant, chacun de son côté avait repris sa tâche, comme l'avant-veille, comme les autres jours.

L'atmosphère calme et tranquille des champs, leur ambiance qui repose, enveloppait dans une même caresse Dominique et Méniquette, Bernard, Mariotte et leurs filles. Seul, là-bas, le fils ingrat respirait l'air malsain de la ville.

A les voir ainsi, courbés sur leur travail, on aurait dit que rien ne s'était passé. Pour le savoir, il aurait fallu aller plus loin, sonder les regards, pénétrer au fond de l'âme — là où se trouvent notre foyer intime, la fibre qui frémit de toutes nos joies, de toutes nos peines.

---

Deux jours après, pendant le déjeuner, la casquette du facteur parut à la fenêtre de la cuisine. Alexandrine eut un coup au cœur. Mariotte instantanément fut debout ; toute pâle, elle s'approcha de la croisée.

— Une lettre pour vous, Madame Bernaton.

Elle prit l'enveloppe d'une main peu sûre. Son mari, avec cette autorité révoltante qu'il employait parfois, la lui enleva.

— Ce n'est rien, fit-il.

Les lèvres de la femme se plissèrent, mais elle se tut.

Bernaton s'adressa au facteur :

— Entrez donc boire une verre de vin.

— C'est pas de refus. Ça pique, le soleil!

Il entra. Alexandrine lui servit un verre de picpoul.

— A votre santé, Bernaton et la compagnie.

Il ajouta :

— Fameux vin, ma foi! Ça pèse bien onze degrés pour le moins.....

L'homme but et sortit. Le fermier prit la lettre et reconnut l'écriture prétentieuse de son fils. Il froissa le papier et le jeta

(1) Esquirou : sonnette

dans la cheminée. Puis, le déjeuner terminé, tous passèrent dans la cour. Mariotte, passive, en apparence résignée, les suivit. Alexandrine resta seule dans la grande cuisine.

Lorsque tout le monde fut parti, quand le tintement de la clochette suspendue au cou des bœufs se perdit au loin, l'infirme se rapprocha de l'âtre. Dans un coin, elle trouva, roulée en boule, la lettre de son frère. Par bonheur, le feu l'avait épargnée. Elle la prit, la défroissa en passant le doigt dessus patiemment, lentement, comme lorsqu'on caresse un objet aimé. Puis, sans le lire, elle glissa le papier dans sa poche.

Une minute après, sa mère rentrait.

— Suis-je étourdie! j'ai oublié d'emporter mon tricot, pour travailler en gardant le bétail.

Une grande pitié envahit le cœur d'Alexandrine.

— Mère, ne voulez-vous pas autre chose?

Elle feignit de ne pas entendre et poursuivit :

— Va me le chercher dans le tiroir, tu sais.....

Alexandrine s'éloigna. Quand elle revint, l'ouvrage entre les mains, elle aperçut sa mère près de la cheminée. Mais Mariotte, avec cette méfiance si incrustée dans l'âme paysanne, en entendant revenir Alexandrine, eut un brusque mouvement de recul.

L'autre, pour qui la moindre chose était un mal, en souffrit. Mais la compassion pour sa mère malheureuse la domina toute. Elle se rapprocha.

— Maman, pourquoi doutez-vous de moi?..... Vous cherchez la lettre d'Alexandre?

— Non.

— Si, je le sais bien. Tenez, la voilà.

Les mains de la paysanne se tendirent.

— Tu l'as lue?

— Non, mère.

— Donne. Tu es une bonne fille.

Ces cinq petits mots firent tant de bien à l'infirme que ses yeux se mouillèrent. Pour s'excuser, elle expliqua :

— Votre chagrin me faisait tant de peine..... et puis ce départ.....

La mère la regarda. Sa nature robuste — au physique, comme au moral — eut-elle l'intuition de ce qui se passait dans l'âme de sa fille..... Elle hésita, puis, très vite, prononça :

— Allons, viens lire avec moi.

Tout près l'une de l'autre, leurs deux douleurs rapprochées, elles lurent :

CHÈRE MÈRE,

Me voici tout à fait familiarisé avec ma nouvelle vie. Il faut d'abord vous dire que je suis entré, comme garçon, au café de la Terrasse. Je suis bien payé, bien nourri. Je pense que cela vous fera plaisir. Je me porte bien et j'espère que la présente vous trouvera de même. Je souhaite que le père et grand-père ne soient plus en colère. Ils doivent comprendre, pourtant, que chacun est libre. Je l'ai lu, du reste, dans les journaux du père ; donc, c'est vrai.

Bien le bonjour à tous. Je vous embrasse et suis, pour la vie, votre fils dévoué.

ALEXANDRE.

Qu'Alexandrine, qui se tracasse toujours, ne se préoccupe pas de moi, je suis très content.

Mariotte laissa retomber sur ses genoux ses deux mains qui tremblaient. Alexandrine n'avait jamais osé la caresser. Devant sa détresse évidente, elle s'enhardit, elle s'agenouilla sur la terre battue et baisa ces mains ridées et déformées par le travail.

— Pauvre mère, il vous reviendra.....

Mariotte, cette fois, ne se défendit plus. Même, une larme roula sur ses mains, sans qu'elle en eût honte. Son cœur cuirassé, durci, s'ouvrait enfin. Dans une plainte, elle avoua sa peine.

— C'était mon dernier..... L'ingrat..... Et c'est ainsi..... On les nourrit de son lait, on travaille, on se tue pour les élever, pour en faire des hommes..... Eux ne s'en préoccupent guère..... Le jour où ils sont assez forts, ils partent, sans regarder derrière eux, sans vouloir voir ceux qui restent..... Ah ! les fils, que de tourments ils causent aux mères !

Pour la première fois, elle parlait ainsi. Et il avait fallu un événement bien grand, bien douloureux, pour rompre la digue qui enserrait, qui comprimait les battements de son cœur.

Mariotte abaissa les yeux vers sa fille ; elle vit le pauvre visage d'angoisse levé vers elle, elle vit les prunelles profondes, inquiétantes, qui la regardaient de toute leur âme. Elle murmura :

— Toi, du moins, tu me resteras?

Alexandrine eut un sourire de pitié pour elle-même. Françoise était mariée, Madeleine se marierait à son tour, Alexandre était parti..... Mais elle, Alexandrine, où pourrait-elle aller, qui voudrait d'elle ?..... Sa place n'était-elle pas ici, toujours..... Elle ne se marierait pas..... Elle resterait, pour être le bâton de vieillesse de ses parents, si toutefois elle ne s'en allait pas la première..... Elle répondit :

— Oui, je vous resterai toujours.

Et cette fois-ci, cette phrase qui acceptait l'avenir passait par ses lèvres sans amertume : elle savait qu'en disant cela elle faisait du bien à la pauvre créature qui pleurait près d'elle.

Mariotte, en entendant sonner l'horloge, se ressaisit. Elle se leva, prit son tricot et essuya ses joues humides. Sa figure avait recouvré son expression placide habituelle.

— Brûle la lettre, ordonna-t-elle.

Alexandrine jeta le papier dans la cheminée. En un clin d'œil, il fut tordu, roulé, roussi, réduit en cendres.

Mariotte avait entre les doigts les aiguilles de son tricot qui allaient, prestes et régulières, au milieu de la laine. Elle s'éloigna de son pas coutumier, un peu lent, mais allongé.

— A tantôt! dit-elle à sa fille.

Par la fenêtre, derrière les contrevents, Alexandrine la regarda s'en aller. Elle songea à tout ce qu'elles venaient de dire, puis elle pensa :

— C'est vrai, la vie est dure pour celles qui sont mères, elles souffrent plus qu'on ne croit..... Les fils ingrats, les enfants qui partent, et qui laissent seuls au logis les pauvres vieux parents..... Et pourtant, c'est la seule chose au monde que j'envie.

Ses bras se replièrent, comme sur un fardeau imaginaire.

— Un enfant à soi, l'aimer, l'élever....., en souffrir, soit! tout s'achète, mais qu'importe! On vit et l'on aime.....

Elle eut un pauvre sourire lassé.

— La seule chose au monde qui me tente..... et je ne la connaîtrai jamais.....

Elle regarda la pendule et se souvint qu'il fallait préparer le repas de midi. Elle alla au jardin, cueillit un chou vert, quelques légumes. Puis elle revint dans la cuisine, s'agenouilla devant l'âtre pour ranimer le feu qui s'éteignait — ce feu qui, tout à l'heure, avait détruit la lettre d'Alexandre.

A midi, quand l'Angélus s'épandit sur la campagne en ondes recueillies et harmonieuses, tout était prêt. Les hommes rentrèrent du travail et s'attablèrent, en hâte, poussés par l'appétit, ayant besoin de détendre leurs membres, de puiser de nouvelles forces.

— Bonne garbure! constata Bernaton. Alexandrine se surpasse.

La phrase tomba. Personne ne répondit. Ce nom d'Alexandrine, qu'il venait de prononcer, rappelait trop à tous le nom de celui qui était parti.....

Le repas fut silencieux.

## VII

### LE MIRAGE

Les jours passèrent.

A la ferme, l'existence avait repris son cours normal. Chacun vaquait à ses occupations comme d'habitude. Et, pendant les repas qui groupaient autour de la vieille table, usée au bord par le frottement des bras depuis plus d'un siècle, les témoins du départ d'Alexandre, la conversation roulait tranquillement, comme jadis, sur le temps, les récoltes, les marchés, le cours des grains, la baisse des vins.....

Quelquefois, on faisait même un peu de politique. Car, deux fois par semaine, maintenant, un marchand de journaux traversait la commune. Certains habitants de Lascayous recevaient même une publication quotidienne et Bernaton était de ce nombre.

Peut-être bien ces feuilles blocardes — ou simplement ces journaux qui se disaient neutres — que Bernaton laisse traîner sur les meubles ou dans ses poches ont été l'agent qui agit doucement, qui s'insinue, pénètre dans l'âme des jeunes et y fait son œuvre. Peut-être que, sans ces pages mauvaises, Alexandre serait encore aujourd'hui au milieu des siens, vouant sa vie, comme eux, à la terre dont il aurait compris toute la sévère beauté, âpre et grandiose.

On ne prononce jamais, chez Bernaton, le nom de celui qui

a été chassé par l'aïeul. Il est parti, il a méconnu la famille, il a été ingrat : c'est bien, on l'oubliera.

Le paysan ne se consume pas en des regrets déprimants. Sa nature robuste et forte, bien cuirassée, bien charpentée au moral comme au physique, n'est pas apte à faire du sentiment. Et c'est là sans doute ce qui explique que, chez lui, la neurasthénie est inconnue.

Au fond, le paysan est fataliste : les choses arrivent parce qu'elles doivent arriver. Rien ne sert de gémir, de se désoler. Le fait est là, tangible. On le constate. Et nulle puissance humaine ne pourrait le changer. Mieux vaut prendre les événements comme ils viennent.

Ce qui est devrait être. Il n'y a qu'à laisser faire. Que ce soit la grêle, l'ouragan, les récoltes détruites, le feu, la mort..... le paysan accepte sans révolte, puisque c'est l'inévitable.

Cette acceptation est, pour nous, une grande leçon de résignation que nous ne savons pas comprendre.....

Un mois s'était écoulé depuis le départ du jeune homme. La première semaine, le jour du marché de Soublet, la voisine — la mère de cette Louise qui est à Bordeaux — l'avait aperçu au café de la Terrasse. La semaine suivante, il n'y était plus.

Bernaton s'abstenait d'aller au marché de Soublet, n'étant pas assez sûr de pouvoir se maîtriser. Mariotte fit bien une ou deux tentatives pour s'y rendre, prétextant des achats à faire ou des poulets à vendre, mais son mari s'y opposa. Et la mère n'en reparla plus.

Vers la fin de juin, un soir, à l'entrée de la nuit, une jeune femme élégante traversa la cour de la ferme. Elle entra directement dans la cuisine. Alexandrine préparait le souper.

— Bonjour, Alexandrine.

— Madame..... je..... Comment ! c'est toi, Louise !

— Moi-même, ma chère! On ne me reconnaît plus guère, avoue-le..... Où est Madeleine?

— Au champ.

— Pauvre chou! Elle va bientôt rentrer, n'est-ce pas?

L'infirme regarda la pendule.

— Dans un moment, pour souper.

— Bon. Alors je vais l'attendre ici.

— Mais certainement. Assieds-toi, Louise. Tu es au pays pour longtemps?

— Huit bons jours.

— Tu es toujours contente chez tes maîtres?

— Avec qui parles-tu, Alexandrine, cria, du dehors, la voix de Madeleine.

— Viens voir, répondit l'aînée, heureuse d'échapper à sa visiteuse.

Madeleine entra.

— Louise, toi, quel bonheur!

Elle lui sauta au cou, mais Louise la prévint.

— Doucement, ma petite, tu vas me froisser ; j'ai passé une heure à plisser mon rabat. Voyons, regarde-moi, tu as embelli, sais-tu?..... Si ce n'est pas pitoyable, jolie comme tu l'es, de t'abrutir dans les champs!

— Viens, interrompit brusquement Madeleine, montons, nous causerons dans ma chambre, en attendant le souper.

Elles montèrent, Louise la première. Madeleine remarqua :

— Quelles belles bottines vernies, avec ces drôles de petits talons..... comment peux-tu tenir dessus!

— Talons Louis XV, ma chère. Ma maîtresse me les a données presque neuves..... Tu t'en payeras de pareilles, quand tu seras à Bordeaux.

— Doucement, donc! Alexandrine pourrait nous entendre.

L'autre haussa les épaules.

— Bah! on le saura bien quand tu partiras.

— Mais je n'ai pas dit que je pars encore.....

Elles étaient dans la chambre. Prudemment, Madeleine referma la porte. Elle alluma la lampe.

— Maintenant, Louise, raconte-moi ce que tu fais.

— Je veux bien, mon petit, mais, après, nous parlerons de toi?

— Oui, oui..... Ta maîtresse t'a donné un congé, c'est gentil, ça!

— Naïve enfant, va! C'est moi qui l'ai plantée là.....

— Ah! Tu y étais bien, pourtant!

— Oui, mais j'en avais assez. Je ne suis pas faite, moi, pour être domestique. J'ai loué une petite chambre, je m'y installe samedi prochain, et le lundi suivant je dois entrer comme commise aux Nouvelles Galeries.

— Que tu es débrouillarde! admira Madeleine. Mais tu as donc de l'argent pour te mettre dans une chambre!

— J'en ai mis de côté..... et puis on m'en a prêté, quelqu'un..... mon promis.....

— Tu es fiancée, et tu ne le disais pas? Que fait-il?

— Chauffeur d'automobiles.

— A Bordeaux?

— Oui. Seulement, tu sais, ma petite, c'est un secret. Tu me jures de ne pas le dire encore, personne ne doit le savoir, tu entends. Il me l'a bien recommandé.

— Tu peux compter sur moi. Je serai discrète, mais je suis bien contente, va, de te savoir heureuse.

— Pour ça, je le suis, nous nous aimons.

Changeant de ton, elle ajouta :

— Allons, assez causé de moi. Et toi, ma belle?

— Moi?

— Oui, toi. Pas de mari à l'horizon?

Les yeux de Madeleine s'assombrirent.

— Aucun.

— Pourtant, autrefois, le grand Pierre rôdait autour de chez toi ; même l'on riait de son manque de hardiesse, tu lui en imposais, sais-tu?

— C'est vrai. Mais il ne vient plus.

— Pourquoi?

— J'avais reçu tes lettres..... je ne voulais pas me marier encore.

— Tu as raison. Il faut que tu viennes à Bordeaux, comme je l'avais pensé d'abord.

— Oui, c'est peut-être ce qu'il y aura de mieux. Le père est dur..... il m'a défendu de porter le chapeau que tu m'as envoyé par ta mère.....

— Par exemple!

— C'est comme ça! Et puis, ils ont renvoyé Alexandre.

— Je sais, oui..... Ecoute, il faut que tu viennes, seule..... à moins que.....

— Que quoi?

— Voyons, aimes-tu Pierre?

— A toi, je peux l'avouer : il me plaît plus que les autres.

— C'est ce que je pensais. Bon. Et lui t'aime tant ! Eh bien ! ma belle, un homme épris fait tout ce que veut la femme qu'il aime, tu le feras marcher au doigt et à l'œil : demande-lui de venir à Bordeaux avec toi, et épouse-le.

— Il ne voudra pas! objecte timidement Madeleine, déjà tentée. Il tient trop à la terre..... Et sa mère ?

— Elle le laissera partir.

— Et mes parents?

— Ça s'arrangera, tu verras.

— Je voudrais bien. Ce n'est pas une vie, ici.....

— C'est vrai, ma pauvre petite. Là-bas, je te ferai entrer aux Nouvelles Galeries. Et mon fiancé procurera une place à Pierre dans les omnibus, il n'y a rien à apprendre, on gagne tout de suite. Après, on cherchera mieux.

— Pierre ne voudra pas quitter le pays.

— Innocente, tu ne connais pas les hommes. Quand nous savons les prendre.....

— Louise, dis-moi comment s'appelle ton promis?

— Curieuse, va ! se défend l'autre en riant.

— Dis vite, cela m'amuse de voir qu'on va t'appeler Madame.

— Tout à l'heure, je te le dirai. Laisse-moi regarder ta chambre. Elle est bien simplette..... Vois-tu, à la ville, on ne met pas de fleurs comme ça sous des verres..... et puis pas tant de symétrie..... Cette gravure est trop laide, je t'enverrai des peintures qu'on vend aux Nouvelles Galeries, tu verras..... Tu devrais tapisser ta chambre, ce serait mieux que ce plâtre..... Vois, ne plaque pas les chaises contre le mur..... C'est que, tu sais, sans en avoir l'air, j'ai pris des leçons de goût, de manières, de toilettes, chez ma patronne..... Je m'habille aussi bien qu'elle..... Et quand je veux, je sais avoir le langage des belles madames..... La ville, il n'y a que ça de vrai..... Ici, on étouffe, on vous a des joues comme des pommes.....

On entendit du bruit dans la cuisine. On rentrait du travail

— La soupe est trempée, annonça Alexandrine.

— Je me sauve.

— Que va dire mon père en nous voyant descendre ?.....

— Eh bien, quoi ! Tu n'as pas le droit, à ton âge, de recevoir tes amies ! Dis-le-lui donc un peu une bonne fois. Nous ne sommes plus des enfants!

Louise avait la main sur le bouton de la porte. Sa compagne se rapprocha.

— Attends..... Quel est le nom de ton fiancé?

— Tu jures de le garder pour toi seule ?

— Oui.

Madeleine était tout près de son amie. Elle vit des reflets clairs dans sa chevelure.

— Mais, c'est la lumière de la lampe..... on dirait que tu as blondi!

— Un peu d'eau oxygénée, ma belle, ça ne fait pas de mal et c'est plus distingué.

— Tiens! ce n'est pas bête, ça, quelle idée!

— Mon futur n'aime que les blondes. Oui, les hommes ont de ces petits travers.

— Madeleine! appela-t-on, d'en bas.

— J'y vais, cria-t-elle.

Et baissant la voix :

— Son nom, vite?

— Tu y tiens, décidément. C'est..... Alexandre.

— Quel Alexandre?

— Je n'en connais qu'un, ton frère.

— Mon frère!

— Chut! tu as promis de garder le silence.

Louise ouvrit la porte et les jeunes filles descendirent. L'amie de Madeleine leur dit rapidement bonsoir à tous ; elle évita de rencontrer le regard de Bernaton, et, prétextant que sa mère l'attendait, elle s'en alla.

— Quelle évaporée! fit Bernaton, et quelle toilette! Et elle est domestique avec ça!

— Non, elle est employée dans un grand magasin.

— Et où loge-t-elle?

— Dans une chambre à elle.

Le père hocha la tête.

— Et l'argent?

— Elle en a mis de côté.

— C'est une drôle d'histoire. Petite, je te défends de la fréquenter.

— C'est mon amie, répondit la jeune fille.

Le poing de Bernaton s'abattit sur la table.

— Qui est le maître, ici?

Elle n'osa rien répliquer et baissa la tête. Tous craignaient, songeant à ce qui s'était passé un mois plus tôt.

— Tu m'entends, je ne veux pas qu'elle vienne chez moi.

Alexandrine était à côté de sa sœur. Elle dit :

— Oui, père.

Bernaton se calma. Aveuglé par la colère, il n'avait pas remarqué que la voix qui s'était soumise était celle de l'aînée.

Devant l'intervention de l'infirme, Madeleine haussa les épaules et se tut. Personne, autre qu'Alexandrine, ne vit son geste.

Le soir, quand elles furent dans leur chambre, l'aînée constata du côté de Madeleine un certain désordre.

— Tout est dérangé, ici.

— Laisse donc. Ça me plaît ainsi. Toujours tu es à gronder.

— Madeleine.....

— Eh bien! quoi?

— Qu'as-tu, ce soir?

— Rien de plus que les autres soirs. Je m'endors. Le travail des champs vous use le corps.

— Oh! peux-tu dire ça, avec ta belle santé! C'est un travail si sain.

— Je voudrais t'y voir!

— Si je pouvais..... j'aimerais tant, moi!

— C'est cela, oui..... de loin..... Mais quand on y est, qu'on le fait toute la journée, qu'il faut recommencer le lendemain, et toute la vie ainsi..... Ah! non! pas de ça!..... Louise a su choisir, elle, et sa mère n'est pas une égoïste.....

— Madeleine! prends garde qu'elle ne te monte la tête.

— Je suis assez grande pour me conduire seule. Si je veux partir, je partirai.

— Où?

— A la ville.

La voix de l'aînée s'éleva, triste, comme une plainte :

— Oh! Et nos parents?

— Tu leur resteras, et ils sont assez nombreux.

— Et..... Pierre?

— Je l'épouserai et je l'emmènerai.

— Il ne voudra pas.

Madeleine répéta la phrase de son amie :

— Innocente! tu ne connais pas les hommes!

— Et toi, te voilà bien savante, comme cela, tout d'un coup! fit-elle, avec un petit rire d'ironie.

Mais aussitôt le rire sombra. Une expression étrange s'étendit sur les traits de l'infirme.

— Ma petite Madeleine, reste-nous..... n'enlève pas Pierre à sa mère, ne désespère pas nos parents..... Ils ont assez de tourments, déjà..... Reste, nous t'aimons bien, va!

— Je sais, riposta la cadette en bâillant. Moi aussi, je vous aime ; est-ce que ça empêche de s'aimer, d'être à la ville ?..... Vois Louise et sa mère : elles s'entendent si bien et s'écrivent tout le temps..... Je t'écrirai tous les huit jours, je vous enverrai de l'argent.

— Ne dis pas cela..... Ne t'en va pas!

— Tu es une égoïste!

Dans un geste violent, Alexandrine serra les poings et jeta :

— Ah! cette Louise! Je ne l'ai jamais aimée. A présent, je la hais!

Elle quitta Madeleine. Celle-ci, à travers la cloison d'étoffe, lança :

— Pour une personne pieuse, quelle bonne parole, et édifiante! tous mes compliments.

L'aînée ne répondit pas. Elle tomba à genoux au pied de son lit et murmura :

— Mon Dieu! c'est vrai, je suis mauvaise!

Madeleine entendit et objecta :

— Que tu es drôle! Ah ça! vas-tu prendre ma réflexion au sérieux..... J'ai plaisanté, rien de plus. Je sais bien, va, qu'on ne peut pas s'empêcher de détester ou d'aimer.....

Alexandrine reprit :

— Tu as bien fait de me dire ce que tu as dit. Je tâcherai de ne pas haïr Louise.

— Jusqu'à nouvel ordre!.....

— Que veux-tu dire? interrogea Alexandrine, envahie par un pressentiment étrange.

— Mais rien.....

— Quelle idée as-tu donc derrière la tête ?.....

— Aucune..... Dormons, il est tard!

## VIII

### UNE DÉCISION

Le lendemain et le surlendemain, Madeleine n'aperçut pas Louise. La jeune fille était-elle avertie de la défense de Bernaton, ou bien était-elle retenue par quelque occupation? Sa mère ne parut pas non plus. Et Madeleine, n'osant se mettre en révolte ouverte contre son père, ne se décida pas à aller frapper chez ses voisines. Elle attendit.

Mais les derniers mots de Louise, l'autre soir, l'inquiétaient..... Ils étaient donc fiancés..... Depuis quand?..... Et cet argent qu'avait Alexandre — cet argent dont il avait pu soustraire une partie pour le prêter à Louise, — d'où venait-il ?.....

Du matin au soir, Madeleine songeait à ces choses et ne parvenait pas à trouver une réponse. Plus elle réfléchissait, plus la question s'embrouillait.

— Qu'as-tu ? lui demanda Alexandrine une ou deux fois, tu n'es plus la même.

La cadette fut tentée de tout avouer à son aînée. Une mauvaise honte et aussi une crainte d'être sermonnée l'arrêtèrent, refoulèrent tout bon mouvement.

— Que veux-tu que j'aie!

L'autre n'insista pas.

Le troisième jour, comme Madeleine, dans le potager, bêchait le carré de tomates, elle aperçut sur la route la robe beige de Louise. Le père était au champ. Rassurée, Madeleine appela son amie, qui aussitôt la rejoignit.

— Pourquoi n'es-tu pas venue hier et avant-hier, je t'attendais.

— Nous n'avions rien décidé, je pensais que tu t'arrêterais.

— Nous avons du travail, tu sais, et le père n'aime pas qu'on s'amuse.

— C'est vrai. J'oubliais que tu es une petite fille obéissante. Mais, dis-moi, c'est permis, au moins, cette conversation de contrebande par-dessus la haie ?

— Allons, ne te moque pas. Entre et viens me trouver.

— Non, ma petite, je n'ai pas le temps, songe donc, je repars dans quatre jours, j'ai des tas de visites à faire. Voyons, combinons un peu..... quand me rejoins-tu ?

— Mais, je ne sais trop..... Bientôt, sans doute.

— C'est vague, cela. Quand parleras-tu au grand Pierre?

— J'ai peur qu'il refuse.

— Tu le crains donc?

— Mais non, ce n'est pas cela.

— Alors, cause-lui.

— Je le vois rarement, tu sais, il ne vient plus.

— Le jour de la fête, par exemple.

— Oui, c'est vrai, je lui dirai la chose.

— Et tu m'écriras ce que vous aurez décidé. Pas plus que moi, ma petite, tu n'es faite pour cette vie des champs. Si Pierre ne veut pas venir, tu le planteras là, tu viendras me rejoindre, et nous te chercherons quelque gentil Bordelais. J'en connais un, très chic, qui est valet de chambre dans une grande maison, chez des nobles, s'il te plaît!

Madeleine baissa la voix et se rapprocha de sa compagne.

— Parle-moi d'Alexandre.

— Justement il m'a écrit ce matin, il me charge de t'embrasser.

— Ah! fit Madeleine, qui reçut un petit coup au cœur. Il est donc bien occupé, qu'il ne peut l'écrire lui-même.

— Ne te formalise donc pas. Il sait bien que son père ne lirait pas les lettres qu'il lui adresserait. Parfaitement. Nous avons su, va, que sa lettre du mois dernier a été jetée au feu sans qu'on l'ait lue.

Les sourcils de Madeleine se froncèrent.

— Qui t'a dit? commença-t-elle.

— Qu'importe, il l'a su.

Madeleine ne répondit pas. Mais elle se souvint que deux ou trois fois elle avait aperçu, rôdant autour de la ferme, la silhouette maigre, la physionomie rusée et astucieuse de la mère de son amie.

— Ecoute, Louise, comment Alexandre a-t-il eu l'argent pour aller à Bordeaux, pour apprendre le métier de chauffeur?

— Tu sais, certifia l'autre, méfiante, il ne tient pas à ce qu'on sache ses affaires.

— Tu peux bien me le dire, je serai muette, je te l'affirme. Dis-moi qui lui a donné cet argent?

— Ne parle donc pas si fort! interrompit Louise, désignant du regard un paysan qui, la cigarette aux lèvres, les mains dans les poches, sans se presser, suivait le chemin sous le grand soleil.

— Eh bien! quoi! C'est le père Guillaume, il va surveiller ceux de chez lui qui doivent faucher, dans sa prairie de la côte. Il est bien inoffensif, le pauvre homme.

— Qu'en sais-tu?

— Mais.....

— Eh bien ! ma chère, apprends pour ta gouverne que c'est lui qui a fourni à Alexandre la somme nécessaire.

— Lui! Comment cela?

— Ignores-tu que lorsque — ce qui est fréquent maintenant — les uns ou les autres s'en vont en ville et vendent leurs biens, c'est lui qui rachète tout à des prix dérisoires? Bientôt, la moitié de la commune sera à lui.

— Il y en a qui le disent, oui.....

— Ils ont raison, tu peux me croire. Ne sais-tu pas aussi qu'il est, comme qui dirait le banquier secret de la commune ? Il prête de l'argent, et l'on n'est pas loin de vanter sa générosité, sa bonté..... Si l'on ne solde pas les intérêts, il ne se fâche pas, il ne poursuit pas : c'est un trop brave homme ; seulement, un par un, sans se presser, à mesure que la dette augmente, il s'approprie un champ, une vigne, une prairie de celui qui lui doit.

— Mais comment a-t-il prêté à Alexandre? Où se sont-ils vus?

— D'abord ici ; ils causaient souvent ensemble. Puis ils se sont rencontrés à Soublet pendant les quelques jours qu'Alexandre y est resté. C'est alors qu'ils ont fait l'affaire.

— Mais..... Alexandre payera les intérêts?

— Je l'espère. Tu sais, ce n'est pas toujours commode..... surtout avec notre mariage qui se prépare..... Après tout, la terre de tes parents répond pour nous.

— Louise, tu n'y penses pas !

— Là, là, ne t'indigne pas, ma belle. Alexandre y a pensé pour nous. Ça le regarde.

Surprise par tout ce qu'elle venait d'apprendre, Madeleine se taisait. L'autre continua :

— Quelle figure d'enterrement! Tu as besoin d'avoir les idées renouvelées..... Viens à Bordeaux sans tarder, va, tu en as besoin. Il n'y a que le premier pas qui coûte..... Une fois que tu y seras, tu verras ta joie d'être enfin délivrée de cette existence.

— Dis-moi, Louise, ta mère sait..... tout?

— Oui, mon petit. Mais on peut être tranquille. Elle se ferait tuer plutôt que de raconter quelque chose. Elle ne vit que pour me voir devenir une bourgeoise. Allons, tu vas préparer ton départ bien vite. Je t'annoncerai à Alexandre.

— Il sera content, tu crois?

— Enchanté, ma chère. Il t'aime beaucoup, et il me disait l'autre jour que c'était dommage que tu passes ta vie ici..... C'est bon pour Alexandrine, la pauvre..... Mais toi, jolie comme tu l'es..... Ecoute, là, bien franchement, as-tu envie de faire comme Françoise? Elle a à peine de quoi nouer les deux bouts..... Elle s'éreinte toute la journée, soigne la volaille, travaille le jardin, prépare la soupe ; la nuit, elle berce les marmots. Cela te tente, dis?

— Non, avoua Madeleine.

— Tu vois bien. Nous sommes trop fines, nous autres, pour cette besogne-là. Si le grand Pierre ne le comprend pas, c'est qu'il est un imbécile.

Là-bas, à travers le feuillage, le disque du soleil couchant descendait lentement, majestueusement. Tout à coup, il disparut, et ce fut comme une lueur d'incendie, immense et magnifique, qui s'étendit, empourpra le ciel.

Un grand silence se fit, calme et impressionnant. Pas une branche ne bougeait, pas une feuille. Soudain, les oiseaux affairés, sentant la nuit prochaine — la nuit mystérieuse et toujours un peu effrayante, — se mirent en quête d'un gîte. Et ce fut, pendant quelques minutes, un va-et-vient précipité.

De nouveau, tout se tut.

— Parle donc, dit Louise, ce silence m'agace. Bordeaux, ça me manque avec son bruit, ses voitures, ses magasins, je me sens un peu bête, ici.....

— C'est bien beau, Bordeaux?

— Superbe, ma chère. Tu ne t'imagines pas ce qu'il y a de toilettes, de belles choses, et à des prix assez abordables. La vie y est si agréable!

— Dis-moi, cette vie plaît à mon frère?

— Enormément. D'abord, il est enchanté de son métier. Tu sais, il est intelligent, il apprend vite. Après huit jours de leçons, c'est à peine croyable, il savait mener sa machine.

— Ecoute, Louise, depuis quand avez-vous cette idée, lui et toi?

— Elle est venue sans qu'on y pense. Ici, nous nous parlions. Lui est arrivé à Bordeaux pour me voir. Vrai, je ne m'en doutais pas ; ici, je ne faisais pas plus attention à lui qu'aux autres. Là-bas, nous nous sommes vus souvent..... Et puis, je ne sais pas comment te dire, un jour, j'ai senti que je l'aimais.....

Madeleine regardait son amie. Elle était surprise du changement qui, instantanément, venait de s'opérer sur les traits de Louise. La sœur d'Alexandre ne trouvait plus rien à dire. Elle devinait qu'un grand, un immense sentiment — qu'elle ne connaissait pas encore — dominait la jeune fille.

L'autre continua :

— Tu ne peux pas savoir comme je l'aime..... Il me semble que pour lui je serais capable de tout abandonner.....

Madeleine essaya de rire.

— Tout? Même la toilette?.....

Sérieuse, les yeux graves, elle murmura :

— S'il le fallait, oui..... Cela t'étonne..... Tu verras, plus tard..... Comme on dit dans les feuilletons, je le suivrais au bout du monde..... Je pense à lui tout le temps..... Je ne peux pas bien t'expliquer..... C'est quelque chose de très grand qui fait oublier tout le reste.....

Louise, changeant de ton brusquement, demanda :

— Tu viendras bientôt ?

La décision de Madeleine s'affirmait. En effet, la jeune fille, détournant son regard de la ferme où, du seuil de la porte, Alexandrine regardait tomber le soir, prononça :

— Tu as raison. Je partirai.

— A la bonne heure. Je le dirai vite à Alexandre. On va s'amuser tous les trois.

Redevenue rieuse, elle se mit à fredonner une chanson nouvelle qui fit rire Madeleine.

— Tu as appris ça à Bordeaux ?

— Bien sûr !

— Si on le chantait ici ! remarqua Madeleine.

— On croirait que nous avons perdu l'esprit. Vois-tu, on n'est libre qu'en ville. Ne me parle plus de la campagne ! Assez bavardé. Je me sauve. Je dois écrire ce soir à Alexandre.

Elle s'éloigna, moulée dans sa robe de voile beige, son visage enfoui sous un chapeau étrange semblant quelque turban d'Afrique. Elle avait son ombrelle dans la main droite ; de l'autre main, elle relevait sa robe, ce qui découvrait deux petits pieds chaussés de souliers de daim, de la même teinte que la robe.

— C'est qu'elle a tout à fait l'air d'une dame ! songea Madeleine.

Le soir venait, hâtivement. La jeune fille se mit à penser à ce qu'elle avait entendu tout à l'heure. Elle se rappela les yeux passionnés d'Alexandre et, pour la seconde fois de la soirée, elle comprit qu'elle ne pouvait saisir la portée du sentiment emportant Alexandre et Louise l'un vers l'autre ; ce sentiment qui avait mis, quelques minutes plus tôt, dans les prunelles de Louise, cette flamme chaude et ardente qui la transfigurait.

— Comme elle aime Alexandre ! fit-elle à mi-voix..... Tout quitter pour lui..... Je ne la reconnaissais plus quand elle parlait, elle n'était plus la même.....

Mentalement, elle ajouta, revenant au mirage :

— Elle a du goût..... Je m'habillerai comme elle, c'est sûr !

Les yeux de la jeune fille s'abaissèrent : elle vit ses bras brunis, son jupon de lainage à grosses raies rouges, son corsage gris, taillé sans élégance, ses sabots noirs.

Elle eut un sourire de pitié à constater sa toilette. Puis le sourire changea, s'adoucit quand elle se souvint que bientôt elle aussi porterait des costumes confectionnés à la ville.

Elle n'eut pas l'idée qu'ainsi, avec son jupon grossier et son corsage terne, dans ce décor de soleil couchant, sa silhouette, que l'on devinait souple et cambrée, s'enlevait sur le fond de pourpre et d'or, mettait une note de vie et de jeunesse rayonnante dans ce paysage du soir.

L'*Angelus* sonnait. Madeleine rentra précipitamment, heureuse de voir se terminer le travail.

. . . . . . . . . . . . . . . . . . . . . . . . . . .

A cette heure-là, le grand Pierre était allongé dans l'herbe. Il avait renversé la tête ; ses yeux étaient fixés sur le ciel où se mouraient les derniers tons de la palette divine.

Le corps las de la fatigue saine qui renouvelle les forces, jouissant du repos, de l'air calme, de la présence de sa mère assise à côté de lui, Pierre disait :

— Bonne journée. Bonne besogne. Le soleil était chaud, mais je ne le crains pas, je l'aime.

Son regard se promena avec amour sur sa vieille mère, sur les prairies, sur les champs, sur les bœufs que le domestique menait à l'abreuvoir. Et il poursuivit, tandis que là-haut s'allumait la première étoile :

— J'aime tout ici..... Vous m'avez appris à tout aimer.

Et résumant en peu de mots la poésie virile, un peu rude, de sa nature contemplative au fond il acheva :

— J'aime la terre, elle est ma vie.

La mère posa sa main sur la tête de ce grand garçon, dont la voix, si bien faite pour commander, avait en lui parlant des douceurs étranges. Elle ne répondit pas, seulement elle appuya plus fort sa vieille main déformée par les travaux.

Mais Pierre ne s'inquiéta pas de son silence. Seuls, ceux qui ne pensent pas de même craignent les ondes silencieuses. Les autres y sentent trop bien la communion d'idées pour les craindre.

Sans relever les yeux, sans faire un mouvement, Pierre comprit que tout ce qu'il avait dans le cœur de tendre et de fort à la fois, de grand et de bon, lui venait de sa mère.

Et la caresse virile de cette main, posée sur sa tête charpentée de montagnard, était comme un sceau mis sur sa vie, comme une approbation pour le passé, comme un encouragement pour l'avenir : caresse sereine et protectrice, noble comme une bénédiction.

La mère se reprit :

— Allons souper, mon gars.

En deux bonds il fut debout.

— Tant mieux, j'ai une faim terrible.

Ils rentrèrent et se mirent à table avec les domestiques.

. . . . . . . . . . . . . . . . . . . . . . . . . . . . .

Dans la cuisine aussi, chez les Bernaton, on prenait le repas du soir.

Madeleine songeait :

— Bientôt, je ne serai plus ici.....

Et cette perspective l'attirait, mirage séducteur que savait si bien faire miroiter Louise. Sur ceux qui resteraient, Madeleine s'apitoyait :

— Quelle vie est la leur !..... Toujours pareille.....

Ses yeux firent le tour de la table. On causait du dernier marché, de cette voix lente et tranquille qu'elle connaissait bien. Son père gesticulait, sans perdre une cuillerée de garbure. Sa mère écoutait, ne disait rien. Le grand-père répondait et, de temps à autre, commençait ainsi sa phrase :

— De mon temps.....

Un abîme, en effet, séparait son temps et celui-ci ; et lui seul, pour le moment, en mesurait la profondeur.

Au bout de la table, le nouveau domestique mangeait sans arrêter. Parfois, il faisait entendre un gros rire simple, franc et sonore. Et l'on sentait que lui ne penserait jamais à vivre une autre vie que celle des champs.

Près de l'aïeule, Alexandrine coupait le pain de Méniquette, lui servait à boire. Depuis le départ de son petit-fils, la pauvre vieille s'affaiblissait chaque jour davantage. Ses mains devenaient lourdes, maladroites ; elle laissait tomber des objets, sans même s'en apercevoir, et un engourdissement de mauvais augure envahissait ses jambes, tout son corps.

Pendant la journée, malgré le soleil, elle se plaignait du froid. Et nul vêtement — pas même la peau de mouton que l'on emportait en hiver, sur la carriole, les jours de marché — ne pouvait la réchauffer.

— Le froid vient d'ailleurs, disait-elle alors.

Et elle sentait bien que, peu à peu, après le reste, le cœur se glaçait.....

Puis, par moments, ses idées s'embrouillaient. Elle ne comprenait pas bien ce qu'on lui disait. Elle ne se souvenait plus de ce que l'on avait fait la veille et oubliait facilement qu'on était en juin et que c'était l'époque de la fenaison.

Ses idées tourbillonnaient, s'enfonçaient dans une brume. Et parfois, phénomène étrange, une clarté filtrait à travers ce voile opaque.

— Je me rappelle.....

Un souvenir surgissait — non pas un souvenir datant d'un mois, d'un an, de deux ans..... Non, un fait banal qui s'était déroulé bien longtemps avant..... cinquante, soixante ans plus tôt.....

De sa voix chevrotante, elle évoquait ce fantôme de jeunesse, puis la nuit retombait autour de ses pensées. Et, sans s'arrêter, sa pauvre tête devenue trop lourde se balançait, inlassablement, depuis le soir où Alexandre était parti.

Madeleine les regardait tous et pensait :

— Je m'en irai en ville.....

Ses prunelles s'arrêtèrent sur sa mère. Elle l'examina comme elle ne l'avait jamais examinée. Elle la vit effacée, comme toujours, humble, n'osant élever la voix.

Un attendrissement subit serra la gorge de l'enfant et elle sentit ses yeux se mouiller.

Mais aussitôt le père rompit le charme, brisa le dernier lien qui eût pu retenir Madeleine.

— Le souper est fini. Si vous débarrassiez, les femmes, on pourrait lire son journal. Il te faut une servante, Madeleine ?

Le regard dur, elle se leva aussitôt et se mit à desservir. Pour la seconde fois, mais avec plus de conviction, elle répéta mentalement :

— Je partirai.

Hors du rayon de la lampe, dans le coin le plus sombre de la cuisine, l'aïeule, les yeux perdus en quelque souvenir, hochait toujours sa vieille tête blanche .....

## V

### MÈRE ET FILS

Le grand Pierre avait tenu parole.

Depuis qu'Alexandrine était venue chez eux, le jour de la fête de Soublet, depuis qu'elle lui avait transmis la réponse de Madeleine, il avait cessé — sans ostentation pourtant — de venir à la ferme, comme jadis.

Lorsqu'il rencontrait la jeune fille, il lui parlait comme si rien n'était survenu, mais les conversations ne duraient guère, il prétextait toujours quelque travail pressé et s'éloignait. D'un commun accord, sa mère et lui ne prononçaient plus le nom de Madeleine.

Et la mère — bien qu'elle sentît davantage, chaque jour, la fatigue l'envahir — ne disait plus que la besogne était lourde et la maison vide de jeunesse.

On aurait pensé, à le voir, que Pierre avait oublié Madeleine. Et elle, qui jadis souriait un peu de son admiration silencieuse, trouvait — à présent qu'elle ne rencontrait plus le regard brûlant de Pierre — que quelque chose manquait à sa vie.

Et elle se prenait à songer — surtout depuis qu'elle savait les fiançailles de son frère et de son amie — qu'elle avait peut-être eu tort de refuser si vite..... Mais aussitôt la terreur de rester toute son existence au milieu des champs la reprenait, et elle ne disait rien.

Le grand Pierre n'avait parlé de son chagrin à personne. Il était de ces hommes fortement trempés que la peine et la souffrance ne peuvent abattre. Dans son cœur, c'était toujours le même amour pour celle qui l'avait dédaigné, mais il refoulait sa blessure bravement. Il travaillait la terre comme toujours, peut-être avec plus d'acharnement. Il l'aimait davantage, elle ne trompe pas, elle, ceux qui lui consacrent leur vie. Et Pierre lui avait donné la sienne.

Sa nature était faite de deux caractères absolument distincts : d'un côté, une force herculéenne, des bras musclés, rompus à tout exercice, un besoin physique d'agir, de se remuer, de prendre sa part de toutes les besognes ; une autorité que tous subissaient, malgré sa grande bonté, si facilement visible sous la parole dure et le regard clairvoyant.

Et, par ailleurs, une âme simple et naïve, une soumission de petit enfant, un grand désir d'être aimé, un cœur confiant, ne demandant qu'à se donner pour toujours.

Il n'avait dit sa peine à personne. Seulement, les mères savent lire bien au fond des pensées de leur fils. Et la mère de Pierre, dans un regard, vit bien des choses. Mais elle se tut, sachant qu'il est des douleurs que le moindre effleurement — même le plus délicat — ne peut qu'aviver.....

Le temps seul les cicatrise à la surface. Mais rien ne peut les guérir et, au moindre contact, la plaie se rouvre. ....

Un matin que, sous le grand ciel bleu, au milieu de ses vignes, Pierre sulfatait, son instrument au dos, quelqu'un entra dans l'enclos. Le jeune homme reconnut la haute stature et la soutane de l'abbé Bardet.

— Bonjour, Monsieur le Curé. Ma mère n'était pas chez nous ?

— Si, mon enfant. Je lui ai fait ma visite. A présent, c'est toi que je viens voir.

Pierre regarda le prêtre bien dans les yeux.

— N'est-ce pas ma vieille maman qui vous a dit de passer ici ?

— Et quand cela serait.....

Pierre sourit.

— Je ne m'en fâcherais pas. Vous rappelez-vous, autrefois,

après mes colères d'enfant, elle m'emmenait à vous..... ; vous étiez chargé de me sermonner. Et je rentrais au logis, pleurant, tout le long du chemin, de repentir et de la joie d'être pardonné..... Aussi, voyez-vous, j'en ai gardé l'habitude, quand quelque chose me préoccupe, je songe toujours à vous le dire..... ; seulement, le presbytère est loin, et le travail est là qui presse.

— C'est vrai.

— Ainsi, tenez, depuis quelque temps..... Mais, Monsieur le Curé, je vous retiens ici, sous ce soleil, rentrons, voulez-vous ?

— Non pas, ne suis-je pas de la vieille race, de la même que toi, Pierre ? Continue ton travail, je te suivrai, sans rien faire, les mains derrière le dos, comme un paresseux, et je t'écouterai.

Alors, en peu de mots, Pierre raconta son pauvre roman brisé, son amour pour Madeleine, l'indifférence de celle-ci..... et l'inquiétude qui, en silence, tourmentait la vieille mère, se tuant à la besogne.

Le prêtre écoutait.

— Je sais bien, allez, elle pleure quelquefois, quand je ne suis pas là ; en rentrant, je lui trouve les yeux tout rouges, et cela, voyez-vous, me crève le cœur.

L'abbé Bardet songeait. Il savait le secret d'Alexandrine, il l'avait calmée dans ses crises de désespoir, il connaissait toute la richesse cachée de ce cœur d'infirme, et il pensait :

— Mon Dieu, voici la femme qu'il lui faudrait, et non pas l'autre. Mais celle-ci, on ne l'épouse pas..... Leurs âmes sont faites pour se comprendre..... ils ne le sauront jamais ni l'un ni l'autre, et tous deux en souffriront, elle surtout..... La souffrance, toujours..... partout..... c'est notre rançon.....

A voix haute, il répondit :

— Pierre, écoute, rien de tout ceci n'est irrémédiable. Attendons. Le mieux pourtant serait que tu l'oublies, elle est trop coquette pour toi..... Mais je connais ta nature obstinée de Béarnais, tu ne l'oublieras pas. Patiente un peu. D'elle-même, tu verras, elle te reviendra. Et, le jour où elle t'appellera, si elle ne te demande pas un sacrifice dont j'ai peur, ouvre-lui ton cœur et ta demeure..... Mais songe bien que si l'amour est sacré, il ne faut pas, pour lui, abandonner la famille, les traditions, la maison.....

— Pourquoi me dites-vous cela, Monsieur le Curé, croyez-vous qu'elle ne voudrait pas venir chez nous ?

— Dieu veuille que je me trompe !

— Oh ! si elle me demandait cela.....

— Mon pauvre petit, nous sommes bien faibles devant la tentation. J'ai peur pour toi, tu n'es pas assez raisonnable. Et pu·· , vois-tu, tu l'aimes trop cette petite, cela m'effraye.....

Il répondit tout bas :

— Moi aussi, cela m'effraye.

L'abbé Bardet reprit :

— Heureusement, Dieu est là. Tu sais, certains matins, le ciel se couvre de nuages....., il grêle....., la tempête gronde..... C'est la tourmente. Cela dure un jour, deux jours..... Puis tout rentre dans le calme, tout s'apaise, et le soleil revient. C'est ainsi dans toute vie..... Il y a de toutes les heures, et quelques nuages sont bien lourds..... Ayons confiance quand même. Soyons forts, soyons de notre race, nous, les enfants du Béarn. Nous en avons la carrure large, les muscles d'acier, la tête un peu dure, quelquefois. Ayons-en aussi le cœur droit, l'âme sincère qui jamais ne recule devant son devoir. Ta mère, Pierre, t'a donné l'exemple ; son existence s'est écoulée tout entière sous l'œil de Dieu, n'ayant qu'un but : remplir son devoir.

— Vous m'avez fait du bien, Monsieur le Curé, dit simplement Pierre. Je vous remercie. Je tâcherai, moi aussi, d'être fort. Voyez-vous, c'est difficile à avouer, mais quand Madeleine me « cause », il me semble que je ne suis plus moi, je ne m'appartiens plus, et je ne sais pas comment je lui résisterais si elle exigeait de moi quelque chose qui me peinerait.....

— Demande à Dieu de t'aider. C'est lui notre force.

— J'en ai besoin. Quand Madeleine est là, je ne sais plus ce qui est bon, je ne sais plus juger.

Lentement, à petits pas courts et fatigués, la mère de Pierre les rejoignait. Ils causèrent, un moment, de choses et d'autres, puis l'abbé Bardet prit congé de ses amis, ouvrit son bréviaire, et s'éloigna à travers les vignes.

— Quel saint homme ! murmura la mère, et il a toujours le mot qu'il faut pour chacun.

— C'est vrai, avoua Pierre.

Il se sentait plus vaillant depuis la conversation précédente.

Il regarda sa mère et vit bien que ses yeux étaient plus gais, plus confiants. Le prêtre avait su trouver la phrase, le secours dont elle avait besoin.

Sa mission remplie, il s'en allait, à travers champs, porter à d'autres un peu d'aide morale, un encouragement, le réconfort de son exemple. Et parfois, quand il visitait quelques paysans dont la maison tombait en ruines, dont les enfants, dans quelque ville lointaine, vivaient au milieu des usines, en partant, l'abbé Bardet, au coin de la table, posait une pièce blanche.

L'homme se fâchait alors. Mais le prêtre prenait un air très humble et disait :

— Bah! laissez donc, c'est pour une petite douceur, un peu de tabac pour la vieille pipe. Avec ça qu'autrefois vous vous gêniez pour m'envoyer des paniers de prunes.

— C'était du temps où les enfants étaient là, il y a des années!

— C'est possible. Elles étaient rudement bonnes. Et je ne faisais pas de façon, moi, pour les accepter.

Il se sauvait à grandes enjambées et le vieux, convaincu, plus du tout vexé, mettait la pièce bien enroulée dans un coin de son mouchoir à carreaux rouges et jaunes. Il murmurait pour lui seul :

— Et dire qu'il y en a qui veulent chasser les prêtres de chez nous. Qui s'occuperait du pauvre monde?.....

. . . . . . . . . . . . . . . . . . . . . . .

Pierre et sa mère, sous le brûlant soleil de midi, rentraient à la maison. La mère s'appuyait au bras de son fils et, de temps à autre, levait la tête pour sourire au visage bronzé penché vers elle. La mère le regardait, bien droit, vaillant et fort, la tête énergique, le regard assuré, et, avec cet orgueil de toutes les mères, elle constatait en elle-même :

— C'est le gars le plus beau de la commune.

— A quoi pensez-vous, maman? interrogea Pierre, la voyant sourire.

Elle répliqua :

— A toi, mon grand.

Et lui, attendri, sans trop savoir pourquoi, mit sa main nerveuse sur la petite main ridée posée sur son bras, et prononça :

— Etes-vous contente, au moins, de ce grand garçon?

Un peu émue, elle répondit :

— Depuis que ton père est mort, tu as été toute ma joie sur la terre, mais une joie bien grande, bien complète. Jamais tu ne m'as causé la moindre peine.

La conversation s'arrêta, car ils étaient dans la cour, au milieu des domestiques, et l'un d'eux réclamait la présence du maître.

Les foins étaient rentrés dans les granges depuis la veille. Une bonne et saine odeur d'herbes froissées et coupées s'épandait dans la cour baignée de soleil.

Là-bas, la prairie rasée semblait un immense tapis d'une peluche verte, unie, dont on croyait sentir sous les doigts le contact moelleux et le velouté.

Plus loin, la grande mer des blés ondulait en larges vagues qui couraient, se poursuivaient, sous la caresse chaude du soleil. On aurait dit un océan immense, pailleté de parcelles d'or. De loin en loin, la note rouge d'un coquelicot mettait son contraste.

Dans quelques jours, les épis deviendront trop lourds. Ce sera la moisson. On passera, fauchant les hautes tiges. La grande mer mouvante tombera, sera nouée par gerbes. Un peu de paille raide et sèche restera sur le champ jusqu'au prochain labour. Et la terre, patiemment, attendra de nouvelles semailles. Plus loin encore, après le blé, ce sont les vignes, sur un espace d'au moins six hectares. Et tout ceci est le domaine de Pierre. Autrefois, il n'y avait que la maison basse et un petit enclos. Peu à peu, à force de labeur, les grands-parents d'abord, les parents ensuite, ont acquis des champs, des prairies, étendu le bien.

Pierre aussi, plus tard, augmentera sa propriété, et il transmettra à ses enfants, avec son héritage palpable, son grand et noble amour pour le travail sacré de la terre.

## XI

### SOIR DE BAL

Un clair et chaud soleil de juillet s'était levé sur Lascayous, ce dimanche-là, jour de sainte Madeleine, patronne du petit village pyrénéen.

Au loin, les montagnes, toutes bleues, couraient de l'Ouest à l'Est. Un peu de neige restée au sommet, une cascade dégringolant les rochers, étincelaient, semblaient des rivières de diamant. Plus près, ici, c'était l'éveil de chaque matin, dans les basses-cours, dans les champs.

A 10 heures, à toute volée, les cloches de la petite église sonnèrent la grand'messe. Les habitants de Lascayous s'y rendirent ; ils arrivaient de leur pas habituel, sans se presser, la démarche un peu gauche, à cause de leurs vêtements neufs.

L'église était décorée de plantes vertes. Un tapis rouge couvrait les marches de l'autel, des bouquets de roses s'épanouissaient dans les vases.

Le Saint Sacrifice commença. Mais il y avait trop de choses dans l'air aujourd'hui, trop de mousselines et de rubans, et l'on oubliait de se recueillir.

Alexandrine, à l'harmonium, dirigeait le chœur des chanteuses. Madeleine, distraite, examinait les toilettes de ses compagnes et songeait à la robe beige de Louise.

Françoise, entourée de ses bébés — habillés d'une petite percale à treize sous gentiment chiffonnée, — ne levait les yeux de son livre que pour s'assurer de la bonne tenue de sa petite famille. Derrière, à la tribune, au milieu des hommes, Jacques, les bras croisés, récitait son chapelet, sans honte, sans respect humain, comme sa mère le lui avait enseigné. Près de lui, le grand Pierre racontait ses affaires au bon Dieu et lui demandait son secours.

Tourné vers l'assistance, l'abbé Bardet, les yeux recueillis, d'un geste grave et simple, donnait la bénédiction.

Peu à peu, après les dernières prières, les fidèles se dispersèrent.

Au repas de midi, dans toutes les maisons, on était à table au milieu des invités. Chez Bernaton, il n'y avait personne, mais cependant Mariotte avait préparé un repas soigné : c'est d'obligation ce jour-là.

Le soir, après Vêpres, la fête commença. Sur la place de la mairie, trois ou quatre boutiques étaient installées, jeux de plein air, loteries à roulettes, même un appareil photographique. Sur une estrade improvisée, cinq musiciens, dans leurs instruments de cuivre, soufflèrent un quadrille.

Aussitôt ce fut sur la place un éparpillement de jupes

claires. Et l'on dansa, l'on tourna, pendant des heures. Le sol n'était guère uni, mais cela n'avait aucune importance, puisque les couples qui sont désignés comme les meilleurs danseurs sont justement ceux qui procèdent par sauts.

Madeleine ne restait pas assise une seconde. Tous voulaient danser avec cette jeune fille si fraîche, habillée d'une blouse de linon brodé, comme on en porte à la ville. Le grand Pierre n'osait plus s'approcher d'elle. Elle s'en aperçut et vint le chercher pour une polka.

— Si vous voulez, Madeleine, pour vous faire plaisir. Mais, voyez-vous, la danse ce n'est pas mon fort, elle n'est pas faite pour des garçons comme moi.

Elle le regarda, surprise.

— Vous n'aimez pas le bal ? Pourquoi êtes-vous venu, alors ?

— Pour regarder.

— Quoi ou qui? questionna-t-elle, une lueur de coquetterie allumée au fond de son regard.

Il se détourna, ne voulant pas répondre. Mais elle insista :

— Dites, voyons.....

Alors, très bas, il répliqua :

— Vous savez bien que c'est pour vous.

Devenue sérieuse, soudain, Madeleine dit à Pierre :

— Eh bien! revenez ce soir, je vous dirai quelque chose.

Elle s'enfuit, légère, et rejoignit Alexandrine qui l'appelait pour rentrer.

— Tu t'es bien amusée? demanda l'aînée, indulgente.

— Très bien, mais ce grand Pierre est un original, crois-tu, il n'a pas voulu danser.

— Oui, il me l'a dit.

— Te voilà donc passée sa confidente. Serais-tu contente de l'avoir pour beau-frère?

— Madeleine.....

— Je ne plaisante pas le moins du monde. Depuis qu'il ne vient plus, quelque chose me manque, vois-tu. Je ne l'aurais pas cru avant..... Il a dit qu'il ne m'en parlerait pas le premier, eh bien! c'est moi qui irai à lui..... ce soir même.

Alexandrine, un peu pâle, s'arrêta au milieu du chemin. Elle raffermit le tremblement subit de sa voix et prononça :

— C'est bien, ma petite Madeleine. Je savais que tu étais bonne et que tu ne veux pas faire souffrir. Il n'est pas comme les autres gars, il n'aime pas la danse, les fêtes. Il est sérieux et ne va pas au café, il ne court même pas les marchés. C'est pour toutes ces raisons, et bien d'autres, qu'il sera un bon mari et qu'il te rendra heureuse.

— Ah çà ! fit Madeleine en riant, tu t'entends mieux que moi à chanter ses louanges.

— Sois tranquille, va, je ne te porterai pas tort.

La cadette sourit, ne comprenant pas de quelle profondeur venait cette réflexion. Elles arrivaient devant la ferme et ne dirent plus rien.

Quelques accords venaient jusqu'à elles et formaient, entendus de loin et par intermittence, un air bizarre, heurté, avec des silences, au milieu d'une phrase.

— Je lui parlerai tout à l'heure, répéta Madeleine.

— Que sa mère va être heureuse ! murmura l'infirme.

— Pas tant que tu crois.....

— Comment cela?

— Parce que je lui enlèverai son fils.

— Bah ! toutes les mères savent mettre l'égoïsme de côté, va. Elle ne vous importunera pas, j'en suis certaine. Au lieu d'un enfant, elle en aura deux.

— Mais elle ne les verra pas souvent.

— Que veux-tu dire?

— On ne rentre pas de Bordeaux tous les soirs.

— Madeleine.....

— Mais oui, comprends donc, nous ne resterons pas ici, pour sûr.

— Je t'en prie.

La cadette redressa un pli de sa jupe, et tranquillement répondit :

— Pas de sermon, je t'en dispense. J'ai bien réfléchi. Je n'agis ni légèrement ni par méchanceté. Je veux une vie libre, un horizon large. Ce n'est qu'à la ville que l'on réussit.

Alexandrine ne trouva aucun mot pour répondre. Trop de pensées l'oppressaient à la fois. Elles rentrèrent à la cuisine et l'on se mit à table.

— Nous repartons? dit Madeleine, quand 9 heures sonnèrent.

— Ne restez pas tard, recommanda le père. D'ailleurs, je vous rejoindrai.

Les deux sœurs sortirent ensemble.

— Que tu es silencieuse ! remarqua la cadette. Toujours maussade ! Mais qu'as-tu donc ?

— Tu le sais.

Madeleine haussa les épaules.

— Faire cette figure un jour de fête ! Nous ne comprendrons jamais les choses de la même façon.

— C'est possible. Je te l'ai dit déjà il y a quelque temps, en agissant ainsi, tu te montres ingrate.

— Pas du tout. Les parents ne doivent pas entraver la vie de leurs enfants.

— Est-ce l'entraver que de vouloir marier les enfants au pays!

— Certainement. Chacun est libre.

— Non. Ce sont les théories d'Alexandre. Elles sont fausses.

— Il les a apprises dans le journal du père.

— Ecoute, Madeleine, la famille doit se grouper, s'unir, et non se disperser. Et la terre en souffre. Vois, tous ces champs en friche, ces terrains incultes ; à qui la faute? A ceux qui partent. Laissons à la ville ceux qui y sont, et nous autres ne nous en allons pas. Restons chez nous.

— Je ne resterai pas.

— Tu es une égoïste.

— Non, pas moi. Les égoïstes, ce sont ceux qui veulent nous retenir, toi la première.

La petite place était éclairée par des lanternes vénitiennes accrochées dans les branches. L'orchestre jouait une mazurka. Plusieurs couples déjà étaient arrivés. Françoise aperçut ses sœurs, elle vint à elles.

— Voulez-vous me garder les petits, ils veulent voir la fête et j'aurais besoin de rentrer chez nous.

— Tu ne danses pas! protesta Madeleine.

— Bah! je suis une vieille maman, j'ai bien autre chose en tête que le bal.

— Tu ne regrettes pas?

L'aînée regarda Madeleine.

— Je croyais que tu plaisantais, si tu savais ce que je m'en moque, de la danse!

— Pourtant, autrefois.....

— Autrefois, je n'étais pas mariée. Je m'amusais pour faire

comme les autres. Mais, vois-tu, quand on a un mari, des enfants, on ne pense plus à rien autre.

— Pauvre Françoise, il y a trop de besogne.

— Non, ce n'est pas ce que je veux dire. La besogne, on en rit, elle ne coûte pas..... Seulement, le cœur est pris. Plus tard, tu me comprendras.

Alexandrine était assise sur le banc, entourée des quatre bambins. Ils aimaient à la folie cette tante qui ne les grondait jamais et qui racontait de si belles histoires.

Françoise enleva son dernier-né et s'éloigna.

— A tout à l'heure. Je viendrai chercher les autres. Je sais que tu es contente de les avoir.

Lorsqu'elle fut seule avec les petits, Alexandrine prit dans ses bras Pierre, son filleul, et elle se mit à le caresser. Sa voix avait des douceurs surprenantes quand elle murmura :

— Mon petit Pierre.....

A moitié endormi, le bébé répondit :

— Maman!

Alexandrine se tut. Ce petit mot, jeté par des lèvres d'enfant, lui faisait un mal atroce, et pourtant deux larmes de joie perlèrent à ses cils.

Madeleine, derrière l'orchestre, qui inlassablement rejouait les mêmes quadrilles, les mêmes polkas, avait attiré le grand Pierre.

— Pierre, répondez-moi, avez-vous toujours votre idée? répondez-moi franchement.

— Madeleine, voyez-vous, je l'ai toujours, parce que mon idée, c'est ma vie.

— Eh bien! moi, j'ai réfléchi, je veux être votre femme.

Il la regarda, fou de joie.

— Je vous en conjure, ne me dites pas oui pour me détromper ensuite.

— Moi, je ne dirai jamais non. Mais vous, peut-être.....

Il eut un rire heureux.

— Oh! alors, je suis tranquille. Je vous aime. Dire que je ne rêve pas..... que c'est bien vrai, vous voulez être ma femme..... Redites-le..... je n'ose pas y croire.....

Elle sourit et répéta :

— Il faut le croire, pourtant.....

Il rêva tout haut :

— Que l'on sera bien chez nous, dans la vieille maison. Je vais la faire arranger..... Je veux qu'elle soit digne de vous..... Elle n'est peut-être pas très jolie, comme ça!..... Moi, je ne sais pas..... Je l'aime comme elle est.....

— Ne la changez pas, Pierre.

— Vrai? que vous êtes bonne! Je l'aurais fait pour vous faire plaisir, mais cela aurait chagriné la mère.

Madeleine tourna la tête, fuyant le regard de Pierre.

— Savez-vous où est Alexandre?

— On dit qu'il est en ville.....

— Il est à Bordeaux, chauffeur d'automobiles. Il gagne 150 francs par mois.

— 150 francs! Ici, il faut travailler plus de trente jours pour les avoir.

— Aimeriez-vous les gagner?

— Non.

— Eh bien! moi, je le veux pour vous. Bordeaux n'est pas loin. Marions-nous et devenons Bordelais. Louise me trouvera une place et Alexandre s'occupera de vous.

— Non. J'aurais dû penser aussi que ce n'était pas possible que vous veniez à moi. Si vous ne voulez le mariage qu'à cette condition, il ne peut pas se faire.

— Vous ne m'aimez pas!

Il se prit la tête à deux mains.

— Taisez-vous! Ne me dites pas cela!

— Alors, vous vous déciderez.

— Non. Il ne faut pas laisser les parents chez vous.

— Bah! ils sont bien assez nombreux.

— Et ma pauvre maman?

— Elle ne sera pas assez égoïste pour vous retenir. Nous lui enverrons de l'argent tous les mois.

— Et qui travaillera mon bien?

— Vous le mettrez à moitié fruit.

— Madeleine! c'est Louise qui vous a mis ces idées dans la tête..... Dire qu'on peut penser à quitter la famille, la maison, la terre.....

— Puisque vous ne voulez pas, restons-en là. Je croyais que vous teniez à moi plus que cela. Si vous changez d'idée.....

Pierre se souvint des recommandations de l'abbé Bardet. Il répondit :

— Je n'en changerai jamais!

— Quand vous serez tout seul, sans votre mère.....

— Oh! Madeleine!

Un sanglot monta à la gorge du grand Pierre. Il s'enfuit précipitamment et rentra chez lui. Il passa à côté d'Alexandrine sans la voir.

Madeleine rejoignit sa sœur.

— Il ne veut pas, confia-t-elle.

L'autre ne répondit rien et continua à bercer le petit Pierre, toujours endormi. Autour d'elles, on dansait avec le même entrain. A un bout de table, Bernaton offrait une tournée de bière. Une lanterne prit feu : en un instant, son papier rose fut tordu, roussi.

Madeleine valsait au bras d'un voisin. L'orchestre continuait sa même ritournelle. Alexandrine, machinalement, regardait les musiciens ; ses yeux s'arrêtèrent sur l'un d'eux : un gros garçon aux prunelles de myope. Elle se souvint, il était de Mont-Bourguey, celui-là. A le voir, là, soufflant consciencieusement dans son instrument, on n'aurait guère deviné le drame de sa vie : sa femme se mourait, phtisique au dernier degré....., leur enfant agonisait dans une gouttière, frappé de coxalgie..... Et pour procurer quelques douceurs à ses pauvres malades, cet homme, par une ironie cruelle, était obligé de jouer pour divertir les autres.

C'est souvent ainsi, dans la vie. Que de larmes, quelquefois, sous les traits enfarinés et risibles, sous la grimace comique des clowns, dans les cirques. Mais le public ne sait pas. Il s'amuse et n'en demande pas davantage. Il est là pour jouir, il en veut pour son argent et ne cherche pas à résoudre ces problèmes psychologiques.....

Alexandrine songeait. Et il lui semblait tout à coup découvrir dans ces airs de danse, toujours les mêmes, de bizarres accents, faits de mille plaintes sourdes, couvertes par les accords criards, aux notes aiguës.

Elle soupira. Madeleine avait raison ; partout et toujours, elle traînait ce que la cadette appelait, avec sa belle insouciance : sa « maussaderie ». Son âme blessée, son cœur doux et d'une sensibilité effrayante apercevaient ce que les autres ne voyaient pas ; partout et toujours elle trouvait de l'autre côté de la médaille, l'envers des choses.....

Là-haut, les étoiles brillaient, très pures. Les lanternes jetaient sur le sol de grandes ombres mouvantes. Le rire de Madeleine résonnait de temps à autre. On échangeait, en dansant, quelques plaisanteries d'un goût douteux, dont les hommes riaient à gorge déployée.

Et là-bas, tout seul, dans sa chambre, le grand Pierre pleurait, sans contrainte, comme un enfant.....

## XIII

### ON BAT LE BLÉ

Dans l'air du matin, le sifflet de la batteuse à vapeur lance sa note stridente. Le ciel est d'un bleu intense. La journée sera chaude et le soleil brûlant. Mais personne ne s'en plaint. N'est-ce pas ce soleil de feu qui rend la terre généreuse, qui arrose de ses rayons chaque grain de blé, qui dore les grappes !.....

Il est 5 heures. Depuis une heure déjà les hommes sont à l'œuvre. Et l'on entend le bourdonnement régulier de la machine, semblant quelque murmure d'abeilles gigantesques au travail. Ils sont vingt hommes dans la cour de Bernaton, chacun ayant sa tâche bien arrêtée à l'avance. Autrefois, ils venaient plus nombreux, emmenant chacun leur paire de bœufs, car l'on employait une machine à traction actionnée par les bœufs.

Depuis deux ans, la machine à vapeur monte, avec le progrès, sur le petit coteau de Lascayous. La main-d'œuvre se trouve, par suite, réduite de moitié et le travail se fait bien plus vite.

Seulement, il faut veiller. L'an dernier, un homme de la commune s'est laissé prendre le bras dans la courroie. Il a fallu l'amputer. Le pauvre vieux — un vétéran de 1870 — veuf, sans enfants, finit maintenant ses jours chez les Petites-Sœurs des Pauvres, à Tarbes. Il y est très bien traité, écrit-il à Bernaton, mais la terre lui manque, et peu à peu il sent que la vie s'en va, il se meurt tout doucement, non pas de vieillesse, mais du mal du pays.

A l'entrée de la grange, Bernaton saisit les gerbes. Il les

passe aux hommes, debout sur la batteuse. L'un d'eux délie les gerbes, un autre les jette dans la machine. Le grain roule, doré, il emplit les sacs. De l'autre côté, le monte-paille emporte la paille.

La poussière d'or monte, tourbillonne, flamboie au soleil. Françoise, qui traverse la cour, a des points roux semés dans ses cheveux noirs.

A 8 heures, l'on fait halte un moment et l'on entre à la cuisine pour boire un peu de vin blanc. A midi, l'on revient encore, mais on réserve le grand repas pour le soir, quand la besogne sera achevée.

De temps à autre, pendant un arrêt de la machine, un chœur s'élève, en patois béarnais. On a de belles voix, justes et pleines, dans ce pays. On se divise en deux groupes, et le grand Pierre, avec son timbre chaud de baryton, dirige la basse.

Les femmes, qui travaillent à l'intérieur, s'arrêtent un moment pour écouter. Mariotte s'avance sur le seuil de la porte, un couteau à la main, continuant d'éplucher ses légumes.

Madeleine, les bras nus jusqu'aux coudes, un nuage de farine sur les joues, vient à la fenêtre de la cuisine. Alexandrine, sans rien dire, reprend la besogne que vient d'abandonner sa sœur, elle remue la pâte pour le gâteau du soir. Mais ses yeux, de temps à autre, s'en vont dans la cour, chercher le regard du grand Pierre.

L'aïeule, sur les marches, hoche toujours sa tête devenue trop lourde, et sur ses lèvres décolorées court, depuis quelques jours, un sourire étrange qui ne cesse pas.....

— Ça donne du cœur pour travailler, ce chant de nos hommes! dit Françoise, entrant dans la pièce.

Les voix montent, rudes et harmonieuses à la fois, viriles et douces, donnant à ces airs de la montagne leur cachet spécial, leur saveur sauvage et tendre — ce je ne sais quoi de particulier qui ne les fait ressembler à aucun autre :

*Si'n couneguèt*
*Si'n couneguèt moun agnère ?*
*Qu'ey la flou dén cuyala*
*Ouère, ouère,*

*Qu'ey la flou dèn cuyala*
*Ouère la !*

*Qu'a la pèt blangue è tegnère*
*E tan douce qu'ey sa là,*
*Ouère, ouère,*
*E tan douce qu'ey sa là,*
*Ouère la !*

*Prade, cam ou castagnère*
*Soun esquire ey cante cla*
*Ouère, ouère,*
*Soun esquire ey canta cla*
*Ouère la !*

*E s'en ey nade isagnère*
*Lèn qué m respoun soun bela*
*Ouère, ouère,*
*Lèn qué m respoun soun bela,*
*Ouère la !*

*Sàn que trobe en ma pugnère,*
*La flou dén me cuyala*
*Ouère, ouère,*
*La flou dén me cuyala*
*Ouère la !*

*Que l'aymi tan moun aguère*
*Mey tabè que m'ayme pla !*
*Ouère, ouère,*
*Mey tabè que m'ayme pla !*
*Ouère la !*

I. Connais-tu mon agnelle — C'est la fleur du troupeau, — Regarde, règarde, — C'est la fleur du troupeau, — Regarde-la.

II. Elle a la peau blanche et tendre, — Et aussi douce que sa laine — Regarde, regarde, — Et aussi douce que sa laine, — Regarde-la.

III. Dans les champs et châtaigneraies, — Prairies en friche, je chante clair — Regarde, regarde, — Prairies en friches, je chante clair. — Regarde-la.

IV. Elle s'en va, sans souci — Et elle me répond par son bêlement — Regarde, regarde, — Elle me répond par son bêlement, — Regarde-la.

V. Elle trouve du sel dans ma main, — La fleur de mon troupeau, — Regarde, regarde, — La fleur de mon troupeau, — Regarde-la.

VI. Je l'aime tant, mon agnelle, — Mais elle aussi m'aime bien, — Regarde, regarde, — Mais elle aussi, elle m'aime bien. — Regarde-la.

De nouveau retentit le sifflet de la machine. Sous le grand soleil, le bourdonnement reprend, s'enfle.

Les paysans, qui se prêtent aide d'une ferme à l'autre, s'affairent.

Les gerbes disparaissent, de nouvelles sont jetées, le grain doré scintille, semblant quelque poudre merveilleuse, et l'on dirait une immense ruche en activité.

Un moment, vers une heure, on se repose. La chaleur est vraiment trop forte. Puis l'on recommence encore.

Maintenant, dans la grange, il n'y a plus qu'une centaine de gerbes. Et le *pailler* (1) grandit, dépasse déjà la hauteur de la maison voisine.

Le soleil décline lentement, dans un décor féerique. Il préside à cette fête, à ce couronnement de la moisson qui est son œuvre. Il descend dans une apothéose.

Un gars de dix-huit à vingt ans, les joues en feu, les bras actifs, résume, en un mot, son admiration païenne :

— Le soleil est notre roi.

Un vieux à barbe blanche — un contemporain de celui qui se meurt de nostalgie, là-bas, dans le jardin de l'hospice, — la voix grave et tremblotante, lui répond :

— Notre roi, oui, mais ce roi n'est qu'un grain de poussière dans la main de Dieu.

— Bravo l'ancien! crie-t-on.

— Le petit n'est pas bête! riposte un paysan. Il a raison. Le soleil, au moins, on le voit, c'est pas des blagues, ça, comme d'autres choses.....

— Assez là-dessus ! coupe un timbre chaud.

(1) Meule de paille.

Et tous, en continuant le travail, ricanent en dessous, sachant bien que c'est le grand Pierre qui a parlé.

— C'est le moine, lance quelqu'un.

Mais le ronflement de la batteuse couvre la voix. Maintenant, le disque rouge a disparu. Il laisse, après lui, des nuages d'or et de pourpre, semblant quelque fantastique et fabuleux manteau royal.

Le murmure de la ruche diminue..... La courroie ralentit, un coup de sifflet s'élève et cesse aussitôt. Puis tout bruit s'arrête.

Les sacs sont là, rangés les uns auprès des autres, pleins à crever, d'un beau grain doré et gonflé : la récolte sera bonne, meilleure encore qu'on ne l'espérait, le blé se vendra cher, car voici de longues années qu'il n'avait pas été ainsi.

Le mari de Françoise, tout en haut du *pailler*, qu'il a élevé, plante une branche d'arbre et une cruche cassée comme on le fait dans toutes les fermes. Puis, bien droit, les bras croisés, il entonne un chant pyrénéen ; les autres unissent leurs voix à la sienne. Mais, après trois couplets, on se tait. Chacun rentre chez soi faire un brin de toilette pour le repas.

Quand ils reviennent, les uns après les autres, sans se presser, avec cette démarche lente des paysans habitués à la charrue — la nuit est déjà tombée. Ils prennent place autour de la grande table, sur des bancs. Madeleine allume la lampe à abat-jour de porcelaine blanche à fleurs bleues.

— Quel luxe ! grogne un vieux entre ses dents.

Tous ne sont pas là encore, mais on a faim, et Bernaton sert la soupe dans les assiettes. Peu à peu, les autres arrivent. On mange, à présent, la poule au pot.

— Le plat d'Henri IV, annonce pompeusement un tout jeune gars.

— C'était un fin matois, votre roi Henri, railla un Bigourdan, et rusé comme un Béarnais qu'il était !

— Ça n'est pas un défaut ! objecta Jacques, le plus chauvin de tous.

— Bien sûr, mes enfants, vous êtes plus rusés, mais nous autres, de la plaine, nous sommes plus intelligents.

— Attendez ! coupa le vieux Dominique.

Il leva la main et commença par sa phrase favorite :

— De mon temps.....

Tous se turent. On n'entendait plus que le bruit des fourchettes d'étain frappant contre la vaisselle.

— De mon temps, on racontait ceci : Quand le bon Dieu eut créé le Béarn et la Bigorre — la *mountagne* (1) et l'*arribère* (2), — il se dit : « Voyons, qui vais-je mettre là ? Sur ces coteaux, le sol est dur, il faut peiner pour les labours..... ; les récoltes, les vignes situées sur ces campements seront difficiles à travailler..... Le mauvais temps y est fréquent..... En une nuit, tout peut être détruit..... Le lendemain, la besogne est à recommencer..... Qui vais-je mettre là ?..... En bas, c'est le labeur le plus simple du monde : chemins unis, terre molle, cours d'eau sillonnant la vallée, soleil tamisé ; jamais de fortes bourrasques. Cela se fera tout seul. J'ai une idée : je vais y mettre ce bon Bigourdan, qui n'a pas inventé la poudre, mais qui est un brave homme, plus fin qu'on ne croit. Là-haut, je m'en vais placer cette tête carrée et solide de Béarnais. Voilà mon affaire. Avec lui, je suis tranquille. Il s'entêtera au travail et voudra être le plus fort. Plus ce sera dur — je le connais, — plus il s'acharnera. » Et le bon Dieu fit ainsi. Et depuis qu'ils sont créés, les Béarnais remuent leur terre, dure comme la pierre, presque aussi dure que leurs têtes. Et vous savez : les têtes les plus dures sont les meilleures.

On accueillit l'histoire par des éclats de rire. Même le Bigourdan, que le picpoul de la journée avait rendu indulgent, partagea l'hilarité générale. Il avait, à n'en pas douter, bon caractère, mais peut-être aussi y avait-il en lui la graine d'un fin diplomate.....

Un paysan, le voisin de Pierre, s'accouda sur la table, sans façon et, les yeux sur la bouteille vide placée devant lui, appela :

— Eh ! les femmes à la langue bien pendue, à boire !

Debout ou assises sur des chaises, près de la cheminée, les femmes mangeaient la soupe. Madeleine se détacha du groupe, apporta une bouteille pleine et l'homme se servit aussitôt.

Au moment de choquer, tous se levèrent. Les femmes s'avancèrent.

— A votre santé !

(1) Mountagne : montagne.
(2) Arribère : plaine.

— Je trinque au mariage des jeunesses !

— A la récolte !

— A la vendange qui vient !

Heureusement, les verres n'étaient pas en cristal, car, à chaque vœu énoncé, le bruit devenait plus sonore.

— A quand le mariage de Madeleine !..... Et qui gagnera à la loterie ?.....

Assez bas pour que son père n'entendît pas — tout près du grand Pierre, — comme une gageure, elle jeta :

— Celui qui gagnera sera celui qui s'en viendra avec moi à la ville.

Les yeux de Pierre s'attristèrent. Pourquoi Madeleine allait-elle dire cela, devant tout le monde ?.....

Au passage, Pierre rencontra le regard brûlant de l'infirme. Il y lut de l'angoisse et une immense pitié. Mais cette compassion qu'il découvrit dans les prunelles étranges lui fut comme un baume. Il détourna cependant la tête. Peut-être voulait-il être seul à voir en lui-même...... Peut-être était-il de ces natures énergiques et sensibles qui ne veulent, à aucun prix, être plaintes.....

Madeleine avait apporté d'autres verres et l'on prenait le café avec une bonne rasade d'eau-de-vie. Le diapason des voix s'élevait, l'on riait plus fort, sur un ton plus hardi. On causait, avec un peu d'emphase. Chacun voulait montrer son savoir. Les jeunes parlaient de la ville où ils étaient allés pour faire leur service. L'un d'eux commença une romance de café-concert, en vogue l'année précédente. Mais le vieux Dominique lui imposa silence. Avec un gros rire, le voisin de Pierre, celui qui avait demandé à boire, racontait en patois une histoire grivoise, à mi-voix.

Très tard, ils sortirent. La nuit était parsemée d'étoiles. La lune glissait, sans bruit ; son disque d'argent cheminait, lointain, autour des étoiles.

Dans l'herbe, les grillons chuchotaient d'incroyables choses, et les crapauds, dans le soir, jetaient, nettes et claires, leurs notes cristallines.

Le long du chemin, les hommes se mirent à chanter. Leurs voix s'élevèrent, harmonieuses et chaudes, dans le grand silence. Ils avaient des douceurs curieuses dans la voix pour chanter des chansons d'amour. Un fond réel de poésie dort dans ces âmes rudes de montagnards.

Il n'était plus question, maintenant, de récits d'allure gauloise. Ils savouraient le charme de leurs mélodies douces et mélancoliques, ils en subissaient la fascination — halte doucement sentimentale dans leur existence de labeur :

*Fidèu Pigou, demoure aci,*
*Toun mèste que s'en ba parti ;*
*Sus fidéu,*
*Que tournarèy lèu,*
*Biste ? you que n'at sàbi.....*
*Mey, pou moumen,*
*Grand qu'ey moun turmen :*
*'Ayde-m à ploura, sàbi.....*

Fidèle Pigou, demeure ici. — Ton maître va partir, — Reste fidèle. — Je reviendrai bientôt. — Vite ? Je ne sais, — Mais pour le moment — Grand est mon tourment : — Aide-moi à pleurer, viens.....

Là-haut, pures et mystérieuses, les étoiles brillaient toujours, et la lune s'enfonçait entre des nuages blancs. Un dernier écho du chant béarnais qui s'éloignait, diminuait, vint, à travers la fenêtre ouverte, jusqu'à Madeleine et Alexandrine occupées à ranger la vaisselle dans la grande armoire.

Partagés en deux bandes, les paysans suivaient la route. Devant l'auberge, ils se séparèrent. La plus grande partie entra dans la pièce basse, mal aérée.

C'en était fini de l'échappée de poésie dans leur ciel. Ils préféraient la lampe fumeuse de l'aubergiste.

Les autres continuèrent leur chemin et leur chanson. Leurs voix étaient plus basses, plus lentes. Capricieusement, le vent s'emparait de quelques notes, les jetait par-ci, par-là, au hasard, et l'écho les recueillait.

Puis le chœur ralentit, s'espaça, mourut dans le calme de la nuit. Chacun rentra chez soi.

Dans le village voisin, dans l'air immobile, résonnèrent onze coups à l'horloge de l'église. Les étoiles brillaient toujours, éclairant d'une lueur douce le petit village béarnais endormi à l'ombre de son clocher.

## XIV

### INQUIÉTUDES

Un matin — peu de jours après le dépiquage, — à l'heure de la soupe, on vit arriver le grand Pierre. Il était pâle et essoufflé. On lui offrit de s'asseoir, mais il refusa.

— Non, non, je viens pour une commission. Françoise m'envoie.....

— Qu'y a-t-il, elle est souffrante?

— Ce n'est pas elle, c'est mon filleul.

— Le petit Pierre! fit Alexandrine. J'y vais. Mais qu'a-t-il?

— On ne sait pas..... ça l'étouffe à la gorge, Jacques est parti chercher le docteur.

— Le croup! prononça quelqu'un.

— Alexandrine, pars devant, commanda Mariotte, je vais te rejoindre.

L'infirme suivit Pierre. Ni l'un ni l'autre n'avait le cœur à parler. Cette menace horrible, suspendue sur la tête du petit Pierre, les serrait à la gorge comme un étau.

— Nous ne marchons pas trop vite, Alexandrine? vous paraissez épuisée.

Elle secoua la tête.

— Non, non. J'ai hâte d'arriver.

Plus bas, la voix angoissée, elle reprit :

— Pauvre petit Pierre !.....

Brusquement, sa pensée fit un bond en arrière. Elle se revit, trois ans plus tôt, au baptême du bébé ; elle était marraine, ceci était une attention délicate de Françoise. Le parrain était le grand Pierre. Et il semblait à l'infirme que ce petit enfant était un lien puissant entre eux ; elle s'était mise à l'aimer avec fougue, ne connaissant en rien les demi-mesures.

Ils arrivaient dans la cour. Ils entrèrent et allèrent droit à la chambre où l'enfant râlait. Il était là, dans son lit, pauvre petit fantôme, maigri par la nuit d'asphyxie.

Françoise, près du berceau, les yeux fous, ne voyait rien. Une voisine soulevait la tête du bébé quand l'air semblait manquer davantage. On entendait, dans la pièce voisine, les voix des autres enfants ; ils ne comprenaient pas ce qui se passait tout près d'eux, et, de temps à autre, un rire clair et frais fusait, résonnait dans toute la maison.

La mère ne bougeait pas. Entendait-elle, seulement?..... Peut-être ne percevait-elle que le souffle court et rauque qui déchirait la poitrine de son fils.

Alexandrine appela Pierre du geste. Il se rapprocha.

— Pierre, emmenez les enfants chez nous ; cela fait mal de les entendre..... et puis il n'est peut-être pas prudent qu'ils restent ici.

Il passa dans la cuisine ; une minute après, l'on entendit sur la route des trottinements menus suivant un grand pas d'homme.

A 8 heures, le docteur, ramené par Jacques, arriva. C'était un médecin à l'air bourru, à la moustache hérissée, à la parole maussade. Lorsqu'on rencontrait, à travers le lorgnon, le regard de ses yeux d'un gris bleu, on était surpris de la grande bonté qui s'y reflétait. Au fond, c'était un des meilleurs hommes de la terre. Une certaine pudeur lui commandait de dérober à tous le secret de sa nature sensible. Plus il était ému, bouleversé, plus son masque se durcissait, plus il grondait et tempêtait. En entrant, il fronça les sourcils.

— Diable..... Il aurait fallu venir cette nuit.....

— Nous pensions que ce n'était qu'un rhume, répondit le père.

— Vous pensiez..... Vous pensiez.....

En défaisant sa trousse, il interrogea :

— Quel âge, ce petit bonhomme?

— Trois ans depuis Notre-Dame.

— Trois ans. Bien. Que quelqu'un découvre l'enfant.

Françoise, toujours immobile, les bras ballants, regardait dans le vide.

Alexandrine s'approcha, releva la chemise.

— Tenez la jambe, ordonna le médecin.

Puis, sur la peau, il passa rapidement un tampon d'ouate imbibé d'éther et fit une première injection sous-cutanée. L'enfant râlait d'une voix qui n'avait plus de timbre.

— Il faut une seconde piqûre, c'est indispensable, grogna le docteur, et encore je ne réponds de rien.

De nouveau, il enfonça la fine aiguille de platine dans la chair du bébé.

— A présent, couvrez-le. Rien de plus à faire. Je reviendrai plus tard, dans deux heures.

— Docteur, si vous restiez, supplia Jacques.

Quelque chose s'adoucit dans la figure du praticien :

— J'ai un malade qui se meurt, en bas de la côte de Lascayous. J'y vais, je reviendrai tout de suite après. D'ailleurs, je ne puis plus rien. Attendons l'effet du sérum.

Il regarda Françoise une seconde, sans rien dire, puis s'adressant à Jacques :

— Il faut la faire bouger, la faire parler.

— Nous n'avons pas pu. Elle est ainsi depuis qu'une voisine a dit que c'était le croup.

— Laissez-moi agir.....

Entre ses dents, pour lui seul, il ajouta :

— Pauvre mère.....

Le médecin vint à la jeune femme.....

— Françoise.....

Elle ne répondit pas et ne tourna même pas vers lui son regard fixe. Il lui prit la main, et tout bas parla :

— Françoise, regardez votre petit Pierre.

— Je ne peux pas, murmura-t-elle, les dents serrées.

— Mais si, voyez : le mal va s'en aller.

— Non..... Je sens bien que c'est fini..... Mon petit, mon pauvre petit.....

Les prunelles hagardes, elle répéta :

— Mon pauvre petit !.....

Et ces trois mots coururent dans la chambre, poignants, emplis d'une désespérance infinie, comme une plainte déchirante.

Un sanglot profond lui répondit.

Très pâle, la figure contractée, elle regarda le docteur et demanda, farouche :

— Moi, je suis la mère, je ne pleure pas. Qui donc pleure, ici?

Le médecin, à voix basse, répliqua :

— C'est votre mari.....

— Françoise! appela le malheureux.

Elle redressa encore la tête, se traîna sur les genoux jusqu'à lui, et là, la tête appuyée sur son épaule, elle se mit à sangloter :

— Nous ne pouvons plus rien, c'est affreux.

Les yeux de Jacques tombèrent sur le crucifix.

— Et Dieu? reprocha-t-il doucement.

— C'est vrai.....

La mère joignit les mains et les éleva au-dessus de sa tête; puis, la voix brisée, elle prononça les paroles du *Pater*.

Alexandrine avait suivi le docteur dans la cour.

— Eh bien! interrogea-t-elle, vous le sauverez?

— Dieu le veuille!

— Comment, vous n'espérez pas?.....

— Je ne peux répondre de rien. On m'a prévenu trop tard.

Il s'éloigna et Alexandrine rentra dans la chambre. Elle vit, sur l'oreiller, la figure de cire, marbrée de plaques violettes. Françoise avait repris sa place auprès du lit, mais cette fois son mari était là aussi, la soutenant de son bras robuste.

Alexandrine vit tout cela. Et sa pauvre âme tourmentée envia presque ce groupe de douleur..... Elle ne connaîtra jamais, elle, ces souffrances atroces, dont on croit mourir, pas plus que les joies qui font mal.....

La respiration de l'enfant s'embarrassait davantage.

L'infirme songea au désespoir du père et de la mère si tout à coup ce petit ange leur était enlevé. D'autres leur resteraient, c'était vrai, d'autres viendraient sans doute encore..... mais l'abîme que creuse la tombe d'un enfant ne se comble jamais complètement. C'est une blessure que rien ne guérit.

— Ne le prenez pas, mon Dieu! pria Alexandrine. Pas lui!

Elle songea encore :

— Tant d'autres qui sont vieux, presque inutiles, et qui restent..... Tant d'autres qui n'ont pas de parents, pas de maison..... Tant d'autres qui n'auront jamais de bonheur, qui ne fonderont pas de foyer..... Pourquoi pas eux, plutôt que cet enfant qui n'a pas vécu encore?..... Pourquoi pas eux?.....

La rêverie de l'infirme se précisa :

— Pourquoi pas moi?

Mais une révolte intérieure la fit se relever. Elle fit quelques pas dans la chambre. L'enfant râlait toujours. Le père et la mère, appuyés l'un sur l'autre, ne quittaient pas des yeux le petit martyr.

La mère se redressa. D'une main tremblante, sur le berceau, elle dessina un grand signe de croix.

Dans un coin de la pièce, Pierre priait, le chapelet de sa mère entre les doigts. A l'autre extrémité de la chambre, Madeleine, les joues pâlies, les prunelles agrandies par l'épouvante, suivait sur le visage de l'enfant la marche du mal. Mariotte était dans la cuisine, avec quelques voisines.

Alexandrine revint auprès du lit. Ses yeux se levèrent vers le Christ cloué au bois de la croix. L'image était grossière, mais la foi de l'infirme allait plus loin.

Elle répéta mentalement, cette fois sans révolte, car, en contemplant les plaies sacrées, un grand apaisement venait de se faire en elle :

— Pourquoi pas moi ?......

Elle entrevit son existence à venir, existence douloureuse, vide de toute affection, sans but, sans foyer, sans enfant..... Chaque jour, de nouvelles souffrances morales, et aussi cette torture physique de tous les instants, cette lassitude étrange qui depuis quelque temps ne la quittait pas.....

Les mains jointes, les yeux clos, elle pria, sans desceller les lèvres, elle pria avec son cœur meurtri, avec le meilleur de son âme.....

. . . . . . . . . . . . . . . . . . . . . . . .

A 10 heures, le docteur revint.

En entendant marcher, Alexandrine ouvrit les yeux. Elle aperçut le petit Pierre qui reposait, le souffle presque régulier, la figure décongestionnée, avec seulement un peu de rose aux pommettes.

Elle entendit, comme dans un rêve, la grosse voix du médecin qui disait :

— Parbleu, je n'y comprends rien, mais il est sauvé, ce petit homme!

Alexandrine ne bougea pas. Elle en était certaine, maintenant, que petit Pierre vivrait.

Le docteur donna quelques indications pour les remèdes et promit de revenir le lendemain. Il les rassura encore.

— Le mal est conjuré. Mais pas d'imprudence.

Françoise se rapprocha :

— Oh! merci, Monsieur le docteur.

Il la regarda :

— Je n'ai pas fait grand'chose, ma pauvre enfant. Un médecin, à la cheville duquel je n'arriverai jamais, disait : « Je le pansai, Dieu le guérit. » Donc, les remerciements ne doivent pas m'être adressés.

Il examina le bébé qui reposait doucement, il s'attarda à contempler les soyeuses boucles brunes un peu collées aux tempes, les yeux clos, les longs cils, la bouche fraîche et détendue. Brusquement il se recula, essuya le verre de ses lorgnons, enfonça d'un geste sec son chapeau jusque sur les yeux, et sortit.

Alors Alexandrine se souvint qu'autrefois le pauvre docteur, avant la découverte du sérum, avait perdu un petit garçon, emporté par le croup, en une nuit.....

Quand Françoise revint auprès du lit, elle vit la tête d'Alexandrine tout contre la joue du bébé.

— Ne te mets pas si près..... Délicate comme tu l'es, tu pourrais prendre le mal.

— Je n'y pensais pas! fit l'autre avec un sourire étrange.

Elle se redressa et s'assit au pied du berceau. La mère se tut. Déjà toute sa pensée n'était plus absorbée que par son enfant. Elle répéta, mettant toute sa joie dans ces trois mots :

— Il est sauvé..... Il est sauvé.....

Alexandrine appuya son front contre le bois du lit et pleura.

— Tu pleures, Alexandrine?

— De joie, voyons, répondit-elle en s'essuyant les yeux.

— Pourquoi me regardes-tu ainsi ?..... Tu as peur que le mal revienne..... Dis-le, je t'en prie.

Françoise était toute pâle. Sa sœur se releva et vint à elle ; elle lui entoura les épaules de ses deux bras.

— Mais non, ma chérie, sois tranquille. Le docteur nous a bien rassurés. Seulement, j'ai eu tellement peur..... Ce petit est un peu à moi, vois-tu..... Oh! ne sois pas jalouse, va, tu as la meilleure part.....

— Ma pauvre Alexandrine !

Petit Pierre s'agita dans son berceau. Il ouvrit les yeux et promena sur la chambre un regard étonné. La voix éclaircie, il dit faiblement :

— Maman.....

Il tendit ses petits bras. Deux silhouettes se penchèrent sur le lit, deux têtes de femme. Il leur sourit, regarda Alexandrine et murmura :

— Marraine.

— Mon petit Pierre.

Dans un grand besoin de tendresse, elle s'inclina davantage encore, ne songeant plus à la contagion. Le bébé, entre ses deux mains, lui prit la tête et posa ses lèvres sur la joue maigre.

— Dis : Merci, petit Jésus ! prononça l'infirme.

Docile, la petite voix répéta :

— Méci, petit Jésus.

Dehors, il faisait une belle matinée d'août, pleine de soleil, de chants d'oiseaux et des parfums grisants de l'été. Un rayon de soleil entra par la fente des persiennes et vint se jouer sur les mains de petit Pierre. Amusé, il disait :

— Prends-le, marraine, garde-le, il va s'envoler.

## XV

### EN MÉNAGE

Un vent âpre de décembre se glisse sournoisement par les fenêtres. Une pluie fine ne cesse, depuis le matin, de tomber sur la ville.

Dans le petit appartement qu'ils ont loué rue de Pessac, Louise, profitant de sa journée du dimanche, met un peu d'ordre. Les deux pièces — chambre et cuisine — sont très claires ; parfois même, vers midi, il y passe un rayon de soleil.

Depuis deux mois, Alexandre et Louise sont mariés. Bernaton, par force, ne voulant pas se laisser présenter les actes de respect, a donné son consentement. Mais il n'a pas voulu que la noce ait lieu à Lascayous.

Pourtant, quelques jours après, il a autorisé la visite du jeune ménage qui venait s'installer pour une semaine chez la mère de Louise. La jeune femme est arrivée, munie de costumes et de chapeaux « dernier cri ». Bernard l'a accueillie, de même qu'Alexandre, froidement, sans faire de réflexions.

Dominique ne comprend pas son fils. D'ailleurs, plus il va, le pauvre vieux, moins il comprend de choses dans ce temps qui marche et transforme tout.....

Autrefois, quand un père avait chassé son fils, c'était pour toujours. Cette malédiction partout suivait l'enfant. Plus tard, il rentrait parfois à la maison, mais alors, comme l'enfant prodigue, repentant, s'agenouillant sur le seuil avant de pénétrer dans la demeure de ses aïeux.

A présent, l'autorité paternelle ne compte guère plus. Bernaton, avec son tempérament fataliste, son horreur des obstacles, acceptait toujours les choses une fois faites.

Il reçut donc les jeunes gens. Au fond, peut-être était-il flatté des toilettes de sa belle-fille. Mais celle-ci sentait l'hostilité latente de Dominique. Et le mouvement perpétuel de la tête, toujours en déroute, de Méniquette semblait maintenant dirigé de son côté.

Après huit jours passés au pays, ils revinrent à Bordeaux. Alexandre, le lendemain, devait entrer dans une nouvelle maison, à deux cents francs par mois. Chaque semaine, il envoyait un léger acompte au père Guillaume, qui — tenant sa promesse tant que le jeune homme tenait la sienne — n'avait rien dit encore à Bernaton. Louise, qui ne se trouvait pas assez rémunérée aux Nouvelles Galeries, venait d'entrer dans un atelier de couture.

Depuis deux mois, les choses allaient ainsi. Le petit appartement était meublé simplement, mais avec goût. D'un coup de main, Louise savait transformer l'objet le plus ordinaire. Elle travaillait tout le jour et rentrait tard chez elle. Mais elle se mettait vite à la besogne, et quand Alexandre arrivait, il trouvait le couvert mis et, pour le recevoir, un frais visage aux yeux rieurs.

Jamais il n'avait eu son linge dans un ordre pareil. Louise veillait à tout. Et lui se déclarait ravi de cette existence charmante. Le dimanche, il restait près d'elle toute la journée ; ils allaient se promener en ville, cours de l'Intendance, ou bien au Jardin public, à l'heure de la musique. Et Alexandre se sentait fier d'avoir auprès de lui cette élégante jeune femme que l'on regardait beaucoup.

Depuis qu'elle était mariée, elle qui détestait la cuisine, le ménage, réussissait de bons petits plats, tenait l'appartement dans un ordre parfait.

— Te voilà devenue sérieuse, admirait Alexandre.

Elle répondait en riant :

— C'est le mariage, vois-tu, qui m'a mis du plomb dans la tête.

— Vraiment ! le mariage ou le mari ?

— L'amour, peut-être, disait-elle.

Il riait et elle aussi. Un dimanche d'octobre, il demanda ;

— Où allons-nous, aujourd'hui ? La foire dure encore, il y a le cinéma.

— Nous y étions dimanche. J'ai envie d'une promenade à Pessac.

— A Pessac ! Tu veux aller à la campagne, toi !

— Pourquoi pas !

— C'est une drôle d'idée. Mais, au fond, ça me va, nous verrons du vert, ça changera.

Après leur déjeuner, ils prirent le tramway et arrivèrent à Pessac à 2 heures. Etait-ce donc déjà un soupçon de mal du pays qui s'emparait d'eux ?

Ils s'engagèrent dans un petit chemin. Une branche accrocha le chapeau de Louise. Autrefois, elle se serait fâchée. Aujourd'hui, la caresse contre sa joue de ces feuilles parfumées lui causa un réel plaisir.

Une bonne odeur de pins flottait dans l'air et les aiguilles roussies formaient, à terre, un grand tapis fauve.

De tous côtés, on apercevait des villas, entourées de petits jardins — architectures médiocres, — les unes visant maladroitement au château, les autres copiées sur le modèle des chalets suisses.

— La campagne n'est pas comme chez nous, constata Louise.

Alexandre n'entendit pas. Il regardait, sur la gauche, un grand vignoble.

— La vigne est basse ici, remarqua-t-il, ce n'est pas comme chez nous.

Il aperçut un homme et l'interrogea :

— Vous avez eu une bonne vendange, cette année ?

— Pour ça oui, répondit l'autre.

Ils se mirent à causer un moment du pays, des vignes, de la manière de les traiter.

Quand Alexandre et sa femme reprirent leur promenade, Louise ne put s'empêcher de remarquer :

— Quelle idée avais-tu de l'interroger ainsi ?

— Ma foi, je n'en sais rien.

— Tu n'aimais pas la terre, pourtant.

— Non. Que veux-tu, j'ai questionné pour parler, voilà tout.

Ils flânèrent toute l'après-midi. Le soir, les joues de Louise étaient plus roses, ses yeux plus brillants. Ils revinrent chez eux, chargés d'une moisson de branches vertes que Louise dissémina dans tous les vases.

Le huitième jour, les feuilles étaient tellement recroquevillées qu'elle fut obligée de les jeter au feu. Elle en éprouva comme une petite déception et pensa :

— Je ne me reconnais plus, suis-je sotte !

Quelques dimanches après était ce dimanche de décembre où la pluie tombait, fine et serrée. Toute la journée, ils restèrent au logis. Alexandre était moins gai que de coutume. Il tambourinait contre les vitres ruisselantes :

— C'est assommant, cette pluie ! Avec des sabots, au moins, on pourrait sortir.

— Et où irais-tu ?

Boudeur, il se tut.

— Ne nous chagrinons pas, reprit-elle. Que nous fait la pluie, après tout ?..... Narguons-la, va, nous sommes ensemble, n'est-ce pas tout ce qu'il nous faut ?.....

— Tu as raison, répliqua-t-il, soudain déridé.

— A propos, sais-tu, j'ai reçu une lettre de Madeleine, tantôt.

— Ah ! que dit-elle ?

— Toujours la même chose. Elle veut venir ici. Elle nous demande de lui chercher une place.

Il regarda fixement sa femme.

— Tiens-tu tant que cela à l'avoir ici ?

— Mais, c'est mon amie.....

— Oui, je sais. Mais nous sommes si bien, là, tous les deux, elle nous gênera plus de quatre fois. Si elle était mariée, ce serait différent.

— Je l'avais pensé, fit-elle, mais j'avais peur d'être méchante, je lui ai tant mis dans la tête cette idée de venir.....

— Tu lui écriras que nous cherchons, que ce n'est pas facile à trouver et que, dans beaucoup de maisons, on prend plutôt les femmes mariées.

— Si Pierre avait voulu venir aussi.

— Pierre est un nigaud, résuma Alexandre. Dire qu'il ne comprend pas qu'ici la vie est plus large, plus vaste. Où vas-tu donc ?

— Préparer le dîner.

Il l'examina, avec sa taille svelte, sa blouse de dentelle, sa coiffure soignée, et regretta :

— Dommage que je ne puisse pas te payer une petite bonne.

— Tu plaisantes !

— Non, je parle le plus sérieusement du monde. En attendant, je vais t'aider. Que faut-il faire ?

— Tiens, puisque tu veux travailler, tourne cette sauce, là, plus doucement.

A eux deux, riant pour un rien, s'amusant de tout, ils confectionnèrent leur repas. Alexandre voulut mettre lui-même le couvert, et il étendit la nappe sur la table.

— Le linge sent comme chez nous, remarqua-t-il étonné.

Elle répondit très vite, en détournant la tête, comme pour s'excuser :

— J'y ai mis de la lavande.

— Tu en as acheté?

— Non. Je l'ai emportée de Lascayous.

Ce petit incident n'était pas loin de les émouvoir. Et pourtant, pas plus que Louise, Alexandre ne regrettait le pays. Mais on a toujours un petit souvenir spécialement attendri pour ce qui n'est plus à nous.....

— Quelle fantaisie! fit Alexandre.

— N'est-ce pas! s'exclama-t-elle en riant.

Ils s'attablèrent devant la soupière fumante. Il faisait bon. La lampe, à abat-jour de soie rose, éclairait bien. A travers les persiennes bien closes, on entendait le bruit de la pluie sur les dalles, contre l'appui de la fenêtre. Le vent disait sa plainte lugubre qui montait, s'enflait, ou s'adoucissait comme un murmure.

En un tour de main, ils eurent débarrassé la table.

— Aujourd'hui, c'est dimanche, ma petite Louise. Pas de vaisselle. Cela abîmerait ta robe.

Elle se laissa faire.

— Je veux bien. Le dimanche, nous sommes des bourgeois. Passons au salon, Monsieur.

Battant des mains, elle ajouta :

— J'ai une idée.

— Laquelle?

— Je vais allumer une belle flambée dans notre chambre, et nous nous installerons au coin du feu.

Cinq minutes après, des flammes claires montaient joyeusement dans la cheminée.

Ni Louise ni Alexandre ne songeait que ce soir-là, à la même heure, les vieux parents se chauffaient aussi dans la grande cuisine.

Le foyer de là-bas — celui qu'ils ont abandonné — est plus vaste ; on s'y groupe nombreux. Le rayonnement en est plus large et la flamme plus pénétrante. Mais ils n'y songeaient pas.

Ici, l'âtre était resserré. En se rapprochant bien, on peut se mettre deux. Mais ils ne pensent pas à faire la comparaison, car ici, dans le petit appartement bien clos, devant la cheminée étroite, l'amour, cet éternel magicien, a su se glisser.....

— Tu es soucieuse, remarque Alexandre en regardant sa femme.

Mais elle, doucement, rectifie :

— Soucieuse, non ; heureuse, oui.

Elle ajoute, plus bas :

— Ecoute, j'ai quelque chose à te dire.

— Un secret? fait-il, badin.

— Un secret, oui, un cher secret.

— Dis vite, alors.

Elle se penche près de son oreille, et, la voix assourdie, elle lui confie que, dans quelques mois..... elle en est sûre..... au commencement de l'été prochain, dans le petit appartement, on ne sera plus deux, mais trois.

— Trois!

— Bien sûr ! Que penserais-tu d'un joli bébé qui te dirait : « Papa ».

Alexandre fronce les sourcils. Elle ne le voit, toute à son rêve de mère. Elle continue :

— N'est-ce pas, tu seras content ?

Pour ne pas la contrarier, il réplique :

— Oui.....

Mais il songe que lorsque bébé sera là, les dépenses seront considérablement augmentées..... et puis les soucis..... les tracas..... La jeune femme ne pourra plus aller à l'atelier.....

Louise ne s'aperçoit pas de son hésitation.

— Tiens, voici la clé de l'armoire..... Prends la crème de cacao confectionnée par maman..... Là..... puis deux petits verres à liqueur..... Et buvons à la santé de M. Bébé.

Alexandre, devant sa femme qui se tient droite et fine en face de lui, se met enfin à sourire. Il emplit les verres. Quelque chose comme une émotion fugitive s'empare de lui..... C'est vrai, tout de même, ça fera plaisir d'avoir un enfant ici..... Ce sont les vieux qui seront contents, là-bas, dans le petit coin béarnais.....

Les yeux embués, Alexandre lève son verre.

— A la santé de Bébé, dit-il solennellement.

Les deux verres se rapprochent, et, les regards fixés l'un sur l'autre, Alexandre et Louise songent au petit être attendu.....

## XVI

### NUITS D'HIVER

Il est tard. Depuis longtemps, la nuit est venue. A cette heure-ci, d'habitude, on est couché à la ferme. Ce soir, on veille.

Dehors, malgré l'hiver, l'air est très calme. Les branches dépouillées sont immobiles. La neige est tombée toute la journée. Un grand tapis blanc couvre le sol, serpente sur les chemins, argente le toit des maisons, le clocher de Lascayous.

Et sur ce paysage de blancheur un disque brillant paraît, derrière le coteau. La lune se lève et glisse doucement, jetant sa clarté mystérieuse sur ce tableau immaculé.

Tout bruit s'est tu depuis longtemps. Tout repose. La nature sommeille. Mais, dans toutes les maisons, à travers les fenêtres closes, une lumière brille — point d'or au milieu de la nuit.

A 11 heures, les cloches s'ébranlent et chantent le mystère qui va s'accomplir, annoncent la messe de minuit.

Dans cette atmosphère particulière aux temps de neige, la mélodie des cloches se fait très douce, comme ouatée, amortie par le voisinage immatériel de l'étendue blanche.

Les accords aériens s'égrènent, ondulent en vagues recueillies. Bientôt, des villages voisins arrivent de nouvelles harmonies. Les voix de bronze graves et sonores de Mont-Bourguey répondent au timbre de cristal frêle et limpide du petit clocher de Soublet,

Chez Bernaton, on se prépare pour la messe. Le vieux Dominique est couché. Méniquette, se souvenant que c'est Noël, a voulu rester levée. Elle s'est entêtée, et l'on a dû satisfaire son désir ; Alexandrine l'a installée sur un fauteuil, devant l'âtre où flambe la bûche de Noël.

— Je surveillerai la « daube », dit l'aïeule.

On est prêt à partir, les femmes bien entourées dans leurs mantes, Bernaton serré dans sa pèlerine à capuchon.

Près de la cheminée, l'aïeule, de sa pauvre voix chevrotante, murmure :

— Il y a longtemps..... Nous partions tous en bande..... En chantant des cantiques tout le long du chemin..... Il y avait de la neige sur les routes..... Dominique ne manquait jamais la messe de minuit..... Une fois, au réveillon..... c'était chez nous..... il m'a demandé d'être sa femme..... Il y a longtemps de ça..... Combien..... je ne sais plus..... C'est loin..... et je suis vieille.....

Devant la porte, tous l'écoutaient, remués d'entendre évoquer ces pauvres vieux souvenirs. Elle les regarda, avec ses yeux ternis.

— Qu'est-ce que vous faites là, tous ?..... Vous n'entendez pas les cloches qui sonnent ?..... Allez, la jeunesse.

— A tout à l'heure. Bonsoir, mère.

Ils sortirent et refermèrent la porte. La grand'mère avait toujours les prunelles fixées sur le battant de bois. Elle marmotta :

— Il y a longtemps..... longtemps..... longtemps.....

Lentement, le regard revint vers la flamme du foyer qui montait en joyeuses spirales.

— C'était le soir de Noël....., continua Méniquette.

Les yeux vagues, le même sourire étrange sur les lèvres, elle hochait sans cesse sa pauvre tête branlante.

— Dominique ne manquait jamais la messe..... C'était un beau gars.....

— Tu m'appelles ? fit le grand-père, qui avait laissé sa porte ouverte.

— Que non..... Je pense à quand tu étais jeune.....

— Ma pauvre vieille, va.....

Elle ne lui répondit pas, mais, baissant le ton, en un chucho-



BIBLIOTHÈQUE NATIONALE R.F. IMPRIMÉS

tement, elle se mit à dire, pêle-mêle, comme cela lui venait, des histoires, des événements d'autrefois.....

. . . . . . . . . . . . . . . . . . . . . .

Sur le chemin menant à l'église, les groupes étaient nombreux. On marchait en bavardant, en riant. On entendait le bruit des sabots sur la neige. Dans l'air, montaient toujours les voix d'airain.

Du temps de Méniquette, on se rendait à la messe de minuit par groupes aussi : mais on chantait des cantiques, de ces noëls naïfs et charmants, dont les airs bizarres se perdent peu à peu, dont les paroles doucement émues s'oublient à mesure que les années passent et que la vieille génération s'en va.

Tous ces détails : l'âne, le bœuf, la crèche, le petit Jésus qui pleure comme les autres bébés....., les bergers qui s'endorment, tout le long de la route....., saint Joseph, quand ils arrivent, qui leur recommande de marcher bien doucement, tout cela est exquis et se grave au fond des âmes simples bien mieux que les grands mots et les airs compliqués.

Et ce vieux noël, ce dialogue entre l'ange et un berger. L'ange réveille le pâtre, celui-ci se fâche, veut dormir..... L'ange insiste, l'autre grogne..... Il répond en patois, et sur un ton provocant fait à l'ange toutes sortes de menaces..... Sans se lasser, l'envoyé céleste dit les merveilles de la crèche..... Il parle en français, et son chant est une mélodie infiniment suave..... Le berger se laisse persuader..... il s'excuse de son mouvement d'impatience et s'en va, les yeux bouffis de sommeil ; il va suivre l'étoile jusqu'à ce qu'elle le mène à la crèche divine.....

Après ces noëls, persiste un souvenir ému et attendri. C'est ce mystère de l'Enfant-Dieu, pauvre et nu dans la crèche, dans un hangar exposé à tous les vents — près de son père et de sa mère, qui ne sont même pas assez riches pour se payer un abri ; — c'est ce mystère d'amour qui a su toucher les cœurs simples.

Noël est et sera toujours la fête religieuse la plus populaire dans nos villages. Il n'y a pas, je crois, un seul paysan qui, en cette nuit, ne sente passer sur lui un souffle divin..... Il en sourira peut-être le lendemain matin. C'est même très possible.

Mais il gardera quand même l'empreinte de ce sentiment qui l'a effleuré.....

L'église est resplendissante de lumières.

Minuit sonne. Un grand silence se fait. Les fronts se courbent.

A l'harmonium, en sourdine, Alexandrine soutient le grand Pierre qui chante, de sa belle voix ample et chaude, le cantique d'*Adam*.

Dans la crèche, Jésus tend les bras. Tous, hommes et femmes, vieux et jeunes, ont les yeux fixés sur ce petit enfant qui pose sur eux ses prunelles douces et rayonnantes. Pendant la messe, les chants se succèdent. Un grand recueillement plane sur la foule agenouillée.

Les cloches sonnent. Le Sacrifice est terminé. Le prêtre bénit les gâteaux que l'on doit manger au réveillon. L'enfant de chœur souffle les lumières.

Seules, les veilleuses de la crèche continuent de briller. L'abbé Bardet vient s'agenouiller, pour son action de grâces, devant l'Enfant Jésus.

Dehors, c'est un bruit de sabots broyant la neige. On échange quelques paroles, d'abord à voix basse, puis peu à peu le diapason se hausse, quelques rires s'élèvent, çà et là, dans les groupes. Le moment de la prière est passé. Maintenant, on songe au bon feu que l'on va trouver en rentrant, aux châtaignes cuites sous la cendre.....

La lune éclaire toujours la route de sa clarté transparente. Alexandrine chemine un peu à l'écart. Tous ces rires la choquent, bien qu'elle soit habituée pourtant à ces brusques changements de l'âme campagnarde. La beauté diaphane de cette nuit de mystère agit sur elle. Puis aussi la musique de tout à l'heure l'a élevée, l'a emportée dans une grande vague de paix dont elle subit encore l'impression. Jamais elle ne s'est sentie si calme, si sereine.

L'air se rafraîchit. L'infirme ramène son châle autour du cou : cet hiver, elle a pris un gros rhume, dont elle ne peut parvenir à se défaire complètement.

— Tu n'as pas froid, Alexandrine? demande Mariotte.

— Non, mère.

Trois ou quatre têtes se tournent de son côté, mais personne ne l'appelle. On connaît son caractère sauvage.

De retour à la ferme, on s'attable pour le réveillon. Alexandrine coupe une tranche de gâteau bénit et le donne à l'aïeule, toujours à la même place, devant l'âtre.

Puis chacun songe à regagner son lit.

— Venez, grand'mère, dit doucement l'infirme.

Mais Méniquette refuse. Elle s'entête, veut rester debout. On essaye de la persuader encore. Alors, à bout d'arguments, elle se met à pleurer, comme un petit enfant, les poings sur les yeux.

— Pauvre grand'mère, prononce Alexandrine. Laissons-la. Je vais bien l'entourer dans une couverture et je ranimerai le feu.

Les autres vont se coucher, un peu impatientés. Méniquette ne pleure plus. Elle se sent protégée par Alexandrine. Lorsque ses jambes sont enveloppées dans la peau de mouton, elle prend son chapelet dans sa poche.

— A présent, va te mettre au lit, ma fille. Merci.

Alexandrine regagne la chambre où déjà Madeleine s'est endormie. L'infirme éprouve une sorte d'angoisse qu'elle ne s'explique pas. Elle redescend. L'aïeule est toujours au coin du feu ; elle sommeille, dodelinant sa pauvre tête blanche.

Alors Alexandrine monte et se couche.

. . . . . . . . . . . . . . . . . . . . . .

Le lendemain, elle se réveille de bonne heure. L'angoisse inexplicable de la veille l'étreint de nouveau. Elle se lève, s'habille en hâte et s'engage dans l'escalier. Il lui semble entendre remuer dans la cuisine. Sans doute, l'aïeule ne dort pas.....

Alexandrine aperçoit une lueur singulière..... Le feu éclaire-t-il encore à ce point ?.....

L'infirme s'approche de la croisée. D'une main qui tremble, elle ouvre les persiennes. Elle distingue alors, à la clarté blafarde de l'aube, une forme prosternée sur la terre battue. C'est Dominique. Il relève la tête et regarde Alexandrine.

— Tu vois, elle est morte.....

Il dit cela d'une voix creuse, sans aucune inflexion.

Alexandrine, terrifiée, aperçoit la forme rigide de la grand'mère. La pauvre tête branlante s'est immobilisée pour toujours..... Les mains sont jointes sur la croix du chapelet, et la croix étincelle sous les feux du cierge.

Le vieux explique, du même ton sans timbre :

— C'est le chapelet que je lui ai donné le jour de nos noces..... De notre temps, on faisait de ces cadeaux.....

A sa petite-fille qui sanglote il murmure :

— Ne pleure pas, va..... Elle est heureuse..... Elle a bien fait de s'en aller..... Tous les vieux partent..... Ceux qui restent souffrent trop, ils voient tant de choses.....

— Tu veux savoir..... Ecoute..... Vers 3 heures, elle m'a appelé..... Je suis venu..... Elle m'a dit : « J'ai trop froid. » J'ai voulu la couvrir..... « C'est inutile, a-t-elle fait..... C'est la fin, mon pauvre homme..... Dieu m'appelle..... Tu viendras bientôt, toi aussi..... » Elle a pris la croix de son chapelet..... et nous l'avons baisée. Puis elle m'a regardé, et ses yeux se sont fermés..... Je n'ai pas appelé, vois-tu, parce que je voulais être un peu seul avec elle..... J'ai allumé le cierge.....

Il pose son regard sur le visage émacié, revêtu d'une expression de paix infinie, sur les pauvres mains de cire et répète :

— C'est le chapelet que je lui ai donné le jour de nos noces.....

. . . . . . . . . . . . . . . . . . . . .

L'hiver achevait son œuvre.

La nature paraissait endormie pour toujours. Elle ne faisait que sommeiller. Dans la terre féconde, la moisson se préparait. Un tapis vert parut bientôt à fleur du sol. Le blé levait déjà, les champs étaient pleins de promesses et la sève des arbres se renouvelait. La nature ne se repose jamais : son labeur caché de la saison rude prépare les récoltes d'été.

Et l'hiver planait sur tout ce travail sacré.

Mais il continuait aussi de frapper, dans les maisons, le coup glacial dont on ne se relève pas. Décembre et janvier avaient été particulièrement funestes, cette année-là : trois vieux s'en étaient allés, à quelques jours de distance, par les sombres nuits de rafale.

Dominique disait chaque dimanche, en revenant du cimetière :

— Moi, j'en ai encore pour un an..... après ça!.....

Un grand geste terminait sa phrase. Quelquefois il ajoutait :

— Il vaut mieux que ce soit ainsi.....

Un autre jour, il prononça :

— Qui travaillera la terre après nous ?..... Qui l'aimera ?.....

Il était dans le jardin potager. Il se baissa et prit dans sa main une poignée de terre. Longtemps il la regarda, sans parler, faisant glisser les grains entre ses doigts, comme font les enfants.

Un soir de neige, tout doucement, après les autres, la vieille mère de Pierre mourut entre les bras de son fils, emportant dans la tombe le regret de le laisser seul.

Pendant les semaines qui suivirent, le grand Pierre s'enferma chez lui. Il voulait rester seul avec sa douleur et passait des heures, les lèvres collées sur le paroissien de sa mère. L'abbé Bardet venait le voir chaque jour. Pierre n'acceptait que lui. Le prêtre était bouleversé et effrayé devant ce grand chagrin muet. Sa présence, ses bonnes paroles parties de l'âme adoucissaient un peu ce désespoir farouche, plus poignant que des larmes.

Pas loin de chez Pierre, un cœur veillait et priait pour lui. Alexandrine offrait ses souffrances pour le bonheur de Pierre.

## XVII

### LES VENDANGES

Le printemps passa, puis l'été.

Dans le petit village de Lascayous, la vie continuait son cours. Le vieux Dominique, depuis la mort de sa femme, s'affaissait chaque jour davantage.

Bernaton, peu à peu, perdait son assurance. Le découragement le prenait. Il comprenait qu'il n'avait pas su donner à ses enfants l'éducation qu'il leur fallait, celle que lui avait reçue autrefois. Personne ne le remplacerait plus tard.

Et c'en serait fini de ces terres achetées lentement, acquises peu à peu, récompense du labeur quotidien. Après avoir été transmis et augmentés, ces champs s'en iraient en des mains étrangères.

Bernaton, jadis, souriait volontiers des idées de son père, idées qu'il traitait de traditions surannées. A présent, il saisit un peu de la grandeur, de la beauté sereine et forte de ces traditions sacrées.

*Mais il* est trop tard. Alexandre est parti. C'est là la blessure morale qui a frappé mortellement Bernaton et dont il ne se relèvera pas. Son œuvre est manquée. Son travail devient inutile. Alexandre ne labourera plus les champs, il ne reviendra pas au pays. Françoise restera chez son mari. Alexandrine, elle, vivra seule. Madeleine a refusé deux ou trois mariages, elle ne veut pas demeurer à la campagne, il lui faut la ville.

Et le père se prend à penser que de ses quatre enfants c'est Françoise qui a la meilleure part, Françoise qui peine du matin au soir, qui, lorsque la nuit est tombée, confectionne les vêtements de ses quatre petits. Jacques travaille comme pas un, tout le jour. Mais le soir, quand il rentre, las des fatigues de la journée, ses fils lui montent sur les genoux, Françoise bavarde en servant la soupe. Il oublie tout ce qui n'est pas eux et puise dans ce cercle chaudement intime de nouvelles forces pour le lendemain.

— De tout le village de Lascayous, c'est peut-être la maison de Françoise qui renferme le plus de bonheur, songe Bernaton.

Septembre est là déjà.

Sur le sol, le long des chemins, un tapis de feuilles mortes ourle la route. Il y en a de toutes teintes : les unes, d'un rouge pourpre, strié d'or ; d'autres, d'un ocre ardent ; il y en a de brunes, toutes hâlées par le soleil ; puis quelques-unes d'un jaune pâle, semblant quelque vieux souvenir décoloré.

Le soleil, plus bas, glisse jusqu'à elles, une dernière fois, ses rayons obliques. Mais il ne les réchauffera plus. C'est fini. Elles ont paru au printemps. Elles étaient alors de tout petits points d'un vert tendre et frais, courant en guirlandes du haut en bas des branches. Puis elles ont grandi. Au milieu de leurs bouquets, à la saison des nids, elles ont abrité des duos d'amour, elles ont assisté à la becquée, le matin, quand les oiseaux vont chercher la nourriture pour leurs petits.

Peu à peu, les teintes douces des feuilles ont foncé. L'été est venu et les a touchées au passage. Sous la grande lumière, sentant la fin bien proche, leur vie a été plus ardente. Puis un vent d'automne, un jour, s'est levé, et, dans son grand souffle mortel, a emporté un pauvre tourbillon qui se débattait follement, semblant un essaim de papillons aux ailes pourpres, tachetées de cuivre.

Les vignes ont des tonalités violentes. Sous les feuilles brûlées, au milieu de leur note d'un rouge luisant, les grappes de raisins, lourdes et dorées, pendent aux tiges, attendant les ciseaux des vendangeurs.

Ils sont là, les vendangeurs, abrités sous de grands chapeaux de paille, le panier passé au bras ; il y a des hommes, des femmes, quelques enfants. Ils sont bien une trentaine. Leurs silhouettes ploient, se relèvent, plongent de nouveau. Les femmes ont retroussé leurs manches jusqu'aux coudes pour avoir les mouvements plus libres. Certaines, sous le chapeau, ont noué un foulard autour de la tête, car le soleil est fort. Les paniers s'emplissent rapidement.

Au bout de chaque rayon, une « comporte » est posée au bord de l'allée. Quand un panier est plein, on va le vider dans la comporte. Deux hommes enlèvent celle-ci et la portent dans le char qui stationne en haut du vignoble.

Malgré l'automne, la journée est très chaude. Une bande de grives, ivres de jus de raisins, passe au-dessus des ceps dépouillés. Les grillons chantent dans l'herbe, et les cigales insouciantes, qui croient encore à l'été, redisent leur stridente et bizarre symphonie.

De temps à autre, un vendangeur entonne quelque mélodie montagnarde. On l'écoute silencieusement, sans interrompre la besogne.

Et sur tout cela, sur ces chants, sur ces grappes vermeilles, sur ce feuillage ardent, se lève la belle lumière d'or qui transforme, embellit toute chose. Et l'on dirait quelque fête païenne, aux rites étranges.

Ce soir, quand le disque brûlant aura disparu, on aura la vision nette de vendangeurs courbés de fatigue ; des vignes allégées ; les hommes auront les bras rompus d'avoir enlevé toutes ces comportes ; les bœufs, attelés au char, seront très las et il faudra les encourager de la voix, de l'aiguillon. Mais, sous les chauds rayons, au milieu de ce poudroiement doré, c'est un décor fantastique, un spectacle grandiose et lumineux, plein de vie.

Un premier char est déjà au complet avec ses huit comportes. Bernaton se met à la tête des bœufs roux et va décharger au pressoir.

Le grand Pierre est là, avec les autres. Il est toujours le même, assidu à la tâche, ayant toujours sa forte carrure et ses yeux de commandement, mais, depuis la mort de sa mère, on ne l'a plus entendu chanter.

Toute la semaine, il est au travail. Le dimanche, il va à la messe et aux vêpres, ce qui fait rire les autres. Il se rend rarement aux marchés et n'a guère de camarades. Il ne reçoit que l'abbé Bardet. Le dimanche, il s'enferme dans la maison, où ne résonnera plus jamais le pas menu de sa vieille mère. Ou bien, quand le silence lui pèse trop, il s'en va dans les champs visiter la terre.

Souvent, on l'invite chez Bernaton. Il évite, autant que possible, d'y aller. C'est que, tout fort qu'il est, il a peur de lui. Il aime Madeleine toujours, de son même amour passionné. Et depuis qu'il est seul chez lui, il songe à elle encore davantage. Il sait bien que son amour est sans espoir, Madeleine n'épousera qu'un homme qui l'emmènera à la ville.

Chez Bernaton aussi, le grand Pierre craint de rencontrer le regard étrange d'Alexandrine. Ces prunelles profondes ont l'air de lire bien loin dans l'âme de Pierre, et il ne veut pas — trop fier pour se plaindre — que personne connaisse sa souffrance.

Pierre ne lève pas les yeux de son ouvrage. Pourtant, Madeleine est là, tout près de lui. Elle s'est glissée à la même rangée, ils sont au même pied de vigne, leurs mains se frôlent.

— Pierre.....

— Madeleine?

— Vous n'êtes pas bavard.

Sans la regarder, il répond :

— Pourquoi parler ?..... Allez écouter les autres qui chantent et qui rient là-bas..... Allez..... moi, j'ai trop de tristesse dans le cœur.

— A cause de qui ? fait-elle, coquette toujours.

Lui, ne voulant pas se trahir, réplique :

— A cause de ma pauvre défunte.

Elle reste un moment silencieuse et inactive. Pierre continue d'emplir son panier. Apitoyée, Madeleine murmure :

— Pauvre Pierre!

Il riposte :

— Je n'ai pas besoin de la compassion des autres.

— Vous me faites de la peine.

— Vraiment! Je ne vous crois pas.

— Tenez, regardez.....

Elle se plante devant lui, et il aperçoit les yeux bruns noyés de larmes.

— Vous pleurez! qui vous fait pleurer? interroge-t-il, désorienté.

— Vous! reprend-elle.

— Allons donc!

— C'est vrai, pourtant..... Je n'ai pas mauvais cœur, allez..... Pierre, je tiens à vous, surtout depuis votre malheur.....

Il se tait et elle continue :

— Nous serions heureux si vous vouliez..... Nous irions en ville..... rien ne vous retient maintenant chez vous.....

— Qui travaillera la terre ? dit-il dans une plainte.

— Nous donnerions le bien à moitié. J'en connais pas mal qui seraient bien aise de l'avoir.

— Oh ! Madeleine, pouvez-vous me conseiller pareille chose !

— Vous ne m'aimez pas, alors.....

Le panier de Pierre déborde. Il le passe à son bras et s'éloigne dans la direction de la comporte. Madeleine le regarde partir. Elle s'essuie les yeux et murmure :

— Si je pouvais le décider..... Il me manque.....

Tout bas, elle ajoute :

— Je l'aime.....

Pas une minute elle ne songe à rester. Son idée ne cesse de la poursuivre. Louise lui écrit de temps à autre. Elle a maintenant un joli petit garçon dont Alexandre est très fier. La jeune femme, depuis des mois, ne va plus à l'atelier, on lui donne chez elle un travail de couture. Le dimanche, ils vont se promener tous les trois, le bébé dans sa voiture. Et Madeleine s'imagine Louise, jeune et pimpante, ainsi que jadis, élégante et parfumée comme une dame, à côté d'Alexandre habillé comme un monsieur.

La jeune fille se tourne vers l'extrémité du sillon. Pierre n'est plus là. Il s'est engagé dans une autre rangée, ne voulant pas reprendre le tête-à-tête. Dépitée, elle se remet au travail.

Le soir, quand le soleil est couché, on rentre à la ferme. C'est alors que commence l'ouvrage au pressoir.

Dans le chai, une odeur forte court sous les voûtes, lourde et grisante. Les esprits et les têtes s'échauffent ; on rit, on parle très haut, on chante.

Alexandrine s'est assise devant la fenêtre de la cuisine et regarde la nuit étoilée. Une fatigue étrange la domine depuis quelque temps ; elle tousse toujours un peu, d'une petite toux sèche. Ce n'est pas un gros rhume. Pourtant, l'autre matin, un filet de sang a taché son mouchoir.

Madeleine sort dans la cour. Les bruits, les éclats de voix viennent jusqu'à elle. Il fait bon. La jeune fille s'assied sur le rebord du puits. Près d'elle, dans l'herbe, le point lumineux d'un ver luisant brille dans la nuit. Des chansons de milliers d'insectes, cachés sous la mousse, s'unissent en un murmure à peine perceptible.

Une haute silhouette traverse la cour. Pierre, très las, se dispose à rentrer chez lui. Jamais, autant que ce soir, il n'a senti la tristesse d'un foyer désert.....

— Pierre ! appelle Madeleine.

Il redresse la tête et se retourne.

— Vous partez ?

— Oui. On n'a plus besoin de moi.

— Venez me trouver. Nous ferons un brin de causette.

Il se rapproche, comme à regret.

— Vous n'avez pas été aimable, tantôt, vous m'avez laissée seule..... Pourtant, je pleurais à cause de vous..... Vous m'en voulez donc si fort ?

Il la regarde. Un rayon de lune glisse sur le puits, se joue dans la chevelure sombre, idéalise les traits ; les yeux se font caressants et doux.

— Moi, vous en vouloir ! Ah ! tenez, ne me tentez pas ! A la fin, je n'en puis plus ! Je suis comme les autres..... Laissez-moi vous le dire, je vous aime à en être fou !.....

— Bien vrai ?

— Oh ! ne vous moquez pas ! Il y a des sourires qui font mal.

Madeleine pose sa main sur le bras de Pierre.

— Ecoutez, je ne me moque pas..... Moi aussi, je vous aime.

Lui détourne la tête.

— Même si je vous fais pitié, même pour..... me consoler, vous ne devez pas dire un mensonge, Madeleine.

Très bas, elle avoue :

— Ce n'est pas un mensonge. Je vous aime, je veux être votre femme. Nous partirons en ville, n'est-ce pas ?

Pierre recule d'un pas. Madeleine reste droite en face de lui.

Les rayons de la lune glissent jusqu'à elle, mettent une ombre sous le regard, un pli mystérieux et attirant au coin des lèvres jeunes.

Le jeune homme se tait. Madeleine vient à lui. Dans l'ombre, leurs deux visages sont rapprochés, les yeux se pénètrent. Madeleine murmure :

— Regardez-moi.....

La voix sourde, il répond :

— Pourquoi me tenter, Madeleine ?..... Vous ne savez pas ce que vous faites. Me croyez-vous donc plus fort que les autres ?.....

Elle insiste doucement :

— Nous serons heureux, bien heureux, à Bordeaux, perdus dans la foule. Nous seuls existerons au monde..... Vous voulez ?..... Dites que vous voulez ?.....

Pierre essaye de se dégager. Les mains de la jeune fille le retiennent, tandis qu'elle continue :

— Maintenant, plus rien ne vous oblige à rester ici..... Vous êtes libre !

— Libre ! Non, on ne l'est pas quand les parents ont travaillé pour vous, on doit continuer leur œuvre.

Il dit cela d'un timbre très bas, comme si une lassitude infinie l'accablait.

— Vous ne m'aimez pas, constate la jeune fille.

Elle est là, tout près de lui. Dans l'obscurité, il distingue sa silhouette jeune et souple, sa taille ferme. Elle murmure :

— Pierre.....

Lui enfin obéit à la prière que renferme ce mot chuchoté. Il songe à la solitude, à ses vingt-six ans qu'il gaspille, à cette femme qui l'aime — elle vient de le lui avouer — et dont, depuis des années, il souhaite passionnément la présence.

Un mot à dire, un seul, et le rêve de Pierre sera réalisé.... Qu'importe s'il faut l'acheter.....

Pierre se sent à bout de forces. Il n'a plus le courage de lutter, de vivre seul. Il se rend :

— Puisque vous le voulez, nous partirons.

— Oh ! Pierre, quel bonheur ! C'est bien sûr, au moins ?

Il la regarde longuement. Et parce que, dans toute joie, il y a place pour la souffrance, dans un sanglot qu'il maîtrise, il avoue :

— Puisqu'il le faut !.....

Des hommes sortent du pressoir.

Les jeunes gens se séparent. Le grand Pierre s'enfonce dans la nuit. On entend résonner, sur le chemin rempli d'ombre, son pas rapide et nerveux.

Dans le ciel très pur, la lune continue son ascension mystérieuse.

## XVIII

### LES ARBRES DE LA FORÊT

Il y a huit jours que Pierre et Madeleine sont « promis ». C'est le soir. Le soleil, là-bas, décline rapidement, car l'on est déjà au commencement d'octobre.

Pierre est seul sur la route. Il songe à Madeleine, à leur bonheur tout neuf. Pour elle, parce qu'il l'aime plus que tout, il va quitter ce qui, jusqu'à ce jour, a été sa vie. Il lui semble, au moment du départ, que jamais il n'a mieux compris la terre, mieux senti combien cet amour profond pour la terre qui le nourrit fait partie de lui-même, le retient par des liens très forts, par toutes les fibres de son être.

Pierre traverse la lande, puis il longe une châtaigneraie. Obéissant à je ne sais quel mouvement, il s'engage dans le bois. Il rencontre un enfant, un gamin aux yeux rieurs, aux jambes hâlées qui, tout fier, lui montre une corde le long de laquelle il a enfilé une brochette de cèpes énormes :

— Il y en a beaucoup, explique-t-il à Pierre. Après, j'irai les vendre à Mont-Bourguey.

L'enfant s'éloigne en chantant. Pierre avance toujours, attiré sans doute par le silence de la forêt. La tête haute, il contemple les arbres, les châtaigniers, les vieux chênes surtout, de vieux amis de toujours.

Petit garçon, Pierre les aimait déjà d'une tendresse immense et profonde, sans même le savoir.

Tout change. Les générations se succèdent; la moisson mûre, on fauche les épis, puis on défonce le sol, on prépare de nouvelles récoltes. Ou bien on laisse les champs en friche, le paysan quitte le village, on oublie ceux qui ne sont plus là.....

Les arbres, eux, restent. Ils sont les gardiens immuables de tout ce qui a vécu. Seuls au milieu de l'abandon général, ils se souviennent. Ils ont la vigueur de ce qui dure. Leurs racines s'étendent très loin, en des ramilles fines et tenaces qui se confondent, à leur extrémité, avec la terre. Au milieu de tout ce qui passe, ils demeurent.

Un pays sans arbres manque de caractère. Ces arbres fiers, nous devons les aimer, les vénérer. Ce sont les témoins d'un passé qui doit nous être sacré. Ils veillent sur le sol que nous ne savons plus garder. Ils sont une image grande et belle de l'attachement au sol natal. Nos aïeux les ont plantés jadis, il y a presque un siècle. Et, par le travail lent et sûr de chaque jour, peu à peu, ils se sont développés, ils ont étendu leurs rameaux. Leur écorce est devenue rugueuse, sillonnée en tous sens des lignes que tracent les années ; et la sève incessamment continue à courir, chaude et vivifiante, dans les moindres branches, jusqu'au dernier bourgeon.

Pour s'élever ainsi, droits et superbes, il leur a fallu des saisons d'une œuvre patiente et tenace : c'est ce qui a fait leur force.

Pierre avançait toujours, songeant à la terre, aux moissons futures qu'il ne verra pas. Une grande tristesse, dans le soir tombant, s'empara de lui, profonde, irrésistible. Le vent gémit, et sa voix, passant ainsi au milieu de la forêt, prit d'étranges accents humains.

A l'horizon, les coteaux s'embrasaient et un de ces féeriques couchers de soleil comme on en voit parfois, en octobre, dans nos Pyrénées. Pierre, des yeux, chercha un coin pour se reposer. Il choisit l'arbre le plus fort, comme si, abrité par lui, il eût été protégé davantage.

Il s'assit et appuya sa tête contre le tronc tapissé de mousse. A travers les branches dépouillées, il apercevait le ciel teinté de chaudes couleurs d'or et de pourpre. Le vent gémissait toujours, mais d'une plainte plus douce et plus pénétrante ; on aurait dit une longue et interminable supplication.

Les feux du couchant peu à peu s'éteignirent. L'ombre gagna le sol, couvrit le tapis roux des feuilles sèches, monta le long des arbres. La cime seule restait encore éclairée d'un reflet d'une pâle teinte de soufre.

— Quand l'ombre atteindra cette tige, précisa Pierre, je rentrerai.

Soudain, la petite lueur s'effaça. Instantanément, Pierre se releva, comme s'il obéissait à je ne sais quel appel magique, quel signe du destin. Il eut un dernier regard pour ces vieux amis qu'il devait laisser derrière lui, qu'il ne reverrait peut-être plus.....

— Bonjour, Pierre !

Madeleine est là, près de lui, du bonheur plein les yeux.

Lui la regarde, comme s'il sortait d'un songe.

— Vous ici !

— Mais oui, cela vous surprend ?

— Vous aimez donc les arbres comme moi ?

Elle sourit :

— Oui, si l'on veut..... Voyez, je reviens de faire une cueillette de champignons. Je rentre vite pour les mettre à la poêle. Venez les manger avec nous.

Il la suit sans rien dire. Lui aussi, l'automne dernier, aimait ces cueillettes de cèpes, à travers les châtaigneraies, au milieu de la saine odeur des bois, senteur un peu âpre et sauvage, mais si vivifiante.....

Au loin l'on entend les sonnettes des troupeaux, le chant d'un berger, un cri d'oiseau nocturne.

Madeleine rêve tout haut :

— Pierre, nous allons être heureux là-bas.....

Lui ne répond pas. Elle insiste :

— Eh bien ! Quel silence ! A quoi pensez-vous ?

Il la regarde longuement :

— Vous ne savez pas à quel point je vous aime.....

— Alors dites-moi que vous êtes content de me suivre en ville. Bordeaux est autrement beau que Lascayous, et ses lumières sont préférables à ce bois touffu où l'on n'y voit pas à deux pas..... Convenez que la ville, c'est tout ce qu'on peut désirer.....

Mais il l'interrompt brusquement :

— Non, pas cela ici.....

Elle s'étonne :

— Pourquoi ? Que voulez-vous dire ?

Lui s'arrête au milieu du sentier et explique :

— Vous ne pouvez pas comprendre..... Vous ne savez pas combien je suis attaché à la forêt..... Ne riez pas — cela me ferait mal, — ne riez pas si je vous dis que j'aime les arbres.....

Elle demande en riant :

— Qui aimez-vous le mieux, votre fiancée ou la forêt?

Les yeux graves, il réplique :

— Ne plaisantons pas sur ce qui est sacré.

Elle se tait, dominée par le ton étrange et recueilli de Pierre. Elle baisse la tête et se sent envahie d'un sentiment singulier, fait de surprise et de respect. Un vent plus fort court dans les branches. Des feuilles sèches se détachent et tombent.

— Rentrons, dit Pierre.

Madeleine, silencieuse, se met à marcher à côté de lui. Elle comprend qu'il souffre. Elle ne trouve rien à lui murmurer comme consolation, mais elle se rapproche encore plus de lui et le regarde avec ses yeux veloutés que l'heure emplit de mystère, que la douleur de Pierre rend plus doux et plus tendres.

Alors lui, comme un refrain, au milieu de sa peine, répète les trois mots éternels :

— Je vous aime.....

## XIX

### NUAGES

Dans le petit appartement de la rue de Pessac, Louise, installée devant une machine à coudre, pédale, ourlant une élégante chemisette de soie blanche.

Le petit Paul dort dans son berceau. Tout à coup, un bruit de voix s'élève de l'étage au-dessous, puis l'on entend un craquement, comme si l'on cassait une chaise. Louise songe à leurs voisins, un jeune ménage arrivé d'Auvergne six mois plus tôt, elle, jeune et fraîche, lui, robuste et travailleur. Déjà, la ville l'a détraqué. Il est ouvrier dans un entrepôt, sur les quais ; le soir, avant de rentrer, il s'arrête au cabaret, gaspille son argent et sa santé. Quand il revient chez lui, ce sont des scènes à tout renverser.

Louise commence à apercevoir ce qu'est réellement cette existence des villes. A l'atelier, elle entendait déjà parler ses compagnes, mais elle pensait qu'elles exagéraient. Maintenant, elle comprend la misère qui se cache dans les mansardes, cette misère qui aveugle, qui fait oublier ce qui est beau et grand.

La pendule sonne 7 heures. Tout à son travail, la jeune

femme n'entend pas. Cinq minutes après, une clé grince dans la serrure. Alexandre est là. Louise sursaute :

— Déjà! j'avais oublié l'heure.

Elle vient à lui.

— Toujours au travail! fait-il.

Mais sa voix sonne faux, sans entrain.

— Il a fallu bercer le petit..... je me suis attardée..... Encore un point à donner, après on se mettra à table.

— Après..... après..... C'est bon à dire..... Moi, j'ai faim.....

— Je vais préparer le dîner. Je finirai ces coutures à la veillée.

Il ne répond pas, s'assied sur une chaise, prend son journal et se rapproche de la lampe. Mais il relève vite la tête.

— Ce lampion n'éclaire pas.

Louise se souvient.

— J'ai oublié de garnir la lampe..... Donne, ce sera vite fait.

Il grogne :

— Eh! viens la prendre..... J'ai assez trimé tout le jour.

Elle saisit la lampe. Madeleine ne reconnaîtrait guère son amie dans cette jeune femme, jolie encore, mais dont les yeux sont cernés, le visage tiré. Elle n'a plus le temps de se confectionner de gentils costumes. Elle porte ses vieilles blouses qu'elle essaye de rajeunir avec un chiffon de dentelles ou un bout de ruban.

Ces petits frais de coquetterie qui jadis étaient sa seule préoccupation, elle ne les fait plus pour elle ; seulement pour son mari : elle sait l'importance que prennent, aux yeux d'Alexandre, ces détails de toilette.

Elle, la frivole et légère Louise, est bien changée.

Comme beaucoup de femmes — que l'on juge inutiles et insouciantes — elle a rencontré sa voie le jour où elle a eu entre les bras un petit enfant à elle. Ce jour-là, elle a commencé à vivre sa vraie vie, pour laquelle toute femme est créée, celle dans laquelle elle trouve son complet épanouissement.

Combien de jeunes créatures ont été retenues au bord de l'abîme par la petite main d'un enfant..... Et combien ont roulé tout au fond parce qu'un regard d'enfant n'était pas là pour les détourner du mal.....

La lampe garnie, Louise la remet en place. Le mari, boudeur, reprend sa lecture. Elle demande gentiment :

— Quoi de nouveau aujourd'hui ?

— Rien. Que veux-tu qu'il y ait ?

Ils se mirent à table. L'unique plat était soigné, Alexandre le trouva trop simple. L'argent commençait à manquer, et Louise faisait des prodiges d'économie, pourtant.....

A la fin du repas, Alexandre dit :

— Je n'ai pu donner le dernier versement à ce vieux Guillaume..... Il veut en parler au père.

— Oh ! fit Louise atterrée.

— Cela t'étonne! Crois-tu que la monnaie vient toute seule?..... Des dépenses, toujours des dépenses.....

— Je fais bien attention, pourtant.

— Possible, mais il a fallu les remèdes, la layette..... Tout ça coûte et tu gagnes moins.....

Pour détourner l'orage qu'elle sentait venir, la mère eut une intuition. Elle alla vers le berceau. Le bébé avait les yeux ouverts et agitait ses petits bras levés.

— Viens, dit-elle, souriante, regarde-le..... N'est-il pas beau, ce petit ?..... Regrettes-tu l'argent que nous ont coûté les vêtements de ce monsieur?.....

Honteux de son emportement, Alexandre convint :

— Non, bien sûr, mais c'est pour dire.....

— Tu vois bien! Nous avons un fils, je n'arrive pas à le croire..... Un fils, j'en suis fière! qu'en ferons-nous?

— Pas un chauffeur d'autos, toujours!

— Pourquoi? Tu n'es pas content du patron?

— Guère. Il est exigeant, comme tous les bourgeois.

Le petit Paul gazouillait des choses incompréhensibles. Le père se pencha et prononça :

— Il sera intelligent.

— Et beau, avec ça! Dire qu'il n'a que trois mois!

— Il me semble que le dernier de Françoise était plus beau, au même âge.....

— C'est possible..... l'air de là-bas, tu sais..... Plus tard nous irons faire un tour au pays.....

— Si ça ne coûte pas trop cher.....

Ils restèrent un moment silencieux ; puis Louise reprit la conversation :

— C'est demain le mariage de Madeleine et de Pierre.

— Tu regrettes de ne pas y aller?

— Eh! non, je suis raisonnable.

— C'est pour ça que tu as pleuré, ce matin?

— Mais je n'ai pas pleuré.....

— Si, tu avais les yeux rouges.

— J'aurais voulu montrer le petit à la mère et aux vieux..... Ce sera pour après.

— Pour après, oui..... Madeleine et Pierre doivent arriver quel jour?

— De demain en huit. L'appartement sera libre, j'y suis passée hier, on me l'a promis.

Tout à coup, le bébé se mit à crier. Louise le prit et le berça sur ses genoux.

— Quelle voix! ce gaillard! admira Alexandre.

Mais petit Paul ne se calmait pas.

— Berce-le plus fort, donc.

— Oui, il s'endort..... il va se taire..... il a pris son biberon il y a une heure à peine.

Le médecin avait trouvé Louise trop faible et avait défendu qu'elle nourrisse l'enfant, elle travaillait trop. Et cela était une nouvelle source de dépenses pour le jeune ménage.

La jeune femme promena son fils dans la chambre, chantant en patois une vieille romance du Béarn.

— Il est agaçant, ce gosse! fit Alexandre qui perdait patience.

La mère passa son doigt sur les gencives roses.

— C'est une dent qui veut percer, vois-tu.

— Je m'en moque, moi!

— Oh! Alexandre!

— Eh bien?

Elle essaya de rire :

— Songe que nous avons hurlé pareillement, peut-être même plus fort, quand nous étions petits..... Nos parents nous ont supportés.

— D'abord, à la campagne, c'est autre chose.

— Pourquoi?

— Les maisons sont plus vastes ; quand on crie trop dedans, on s'en va dehors..... Ici, l'on est empilé, on ne peut pas bouger. Et puis, tiens, regarde, on trouve du linge qui sèche dans tous les coins..... si tu crois que c'est élégant!.....

— Je sais bien que non, va. Mais le blanchissage coûte si cher..... tu m'as dit d'économiser.....

Il ne répondit pas et haussa les épaules. Puis il prit son chapeau :

— Je vais faire un tour.

— A cette heure-ci?

— Eh bien! quoi? qu'est-ce que ça fait, l'heure? J'ai besoin de me dégourdir les jambes, je suis à mon volant du matin au soir.

— C'est la première fois que tu me quittes.....

— Et après? Tu es occupée. Chacun est libre.

— Oh! nous sommes si bien ici tous les trois.

— Tu trouves! avec ce petit qui nous fait sa musique. J'ai la tête cassée.

— Mais il s'est endormi.

— Ça va recommencer avant deux minutes.

Il sortit, et Louise perçut son pas descendant les marches de l'escalier. Elle ne reprit pas sa romance, mais continua à bercer son fils. Quelques larmes filtrèrent à travers ses cils, elle ne les essuya pas, peut-être même ne les sentait-elle pas.....

Elle prit dans l'armoire une branche de lavande séchée, une branche du pays. Elle la respira longuement, les yeux clos, et elle se mit à penser à tous ceux restés là-bas.

Sa mère d'abord, qui avait souhaité l'envoyer à la ville..... Et pour la première fois Louise se demanda si elle n'avait pas eu tort.....

Puis les parents d'Alexandre, qui avaient voulu les retenir ; eux, les jeunes, avaient ri de leur insistance.....

Ensuite, Louise songea à Madeleine et Pierre. Ils devaient arriver la semaine suivante ; elle se réjouissait d'avoir son amie auprès d'elle. Et puis, qui sait! l'exemple de Pierre serait peut-être salutaire à Alexandre. Au lieu de fréquenter les camarades dont se méfiait Louise, peut-être voudrait-il Pierre pour compagnon.....

Alexandre était sorti ce soir, énervé, agacé. Pour la première fois il avait laissé Louise seule au logis. Il n'y a que le premier pas qui coûte..... Et, angoissée, la jeune femme se demandait où il s'arrêterait.....

Le jeune homme n'était pas patient, ces cris du petit lui portaient sur les nerfs, il n'avait pas, pour les accepter, la douce patience des mères.....

Louise songeait à tout cela. Tout jeune, l'enfant n'appartient qu'à la mère. C'est elle qui a ses plus beaux sourires, ses premiers bégayements, parce qu'elle a supporté — penchée sur le berceau — les cris, les révoltes, avec une figure sereine. Elle a le cœur plein d'une pitié tendre pour ce petit bout de créature qui ne peut rien par lui-même, qui a besoin constamment qu'un regard veille sur lui à chaque minute, toujours attentif.....

Le père s'amuse parfois avec ce paquet de chair rose. Mais il ne le considère que comme un jouet. Il s'en lasse vite.

Plus tard seulement, bien plus tard, l'amour paternel s'éveillera réellement. Lorsque l'enfant saura lire, lorsqu'il fera de ces réflexions puériles et charmantes des tout petits, le père s'émerveillera..... Alors il comprendra son fils, s'intéressera à lui, découvrant chaque jour dans cette petite tête mille choses confuses, des idées, des sentiments, que la mère depuis longtemps avait pressentis en lui, dont elle avait suivi et aidé l'éclosion.....

Comme toutes les mères, Louise avait l'intuition de la différence qui existe entre l'amour maternel et l'amour paternel.

Tous deux sont grands et sacrés. A eux deux ils se complètent, l'un terminant ce que l'autre a d'inachevé, ou virilisant ce que l'autre a de trop tendre.

Depuis qu'un petit enfant était entre eux, Louise éprouvait pour son mari un sentiment nouveau fait de tendresse et de respect.

Elle ne s'en rendait pas compte et ne comprenait pas qu'ainsi elle rendait hommage aux traditions qui font du foyer quelque chose de beau, de sacré, d'indissoluble.

Elle avait souri autrefois en entendant les vieux parler de la solidarité, de l'union des familles, de tout ce qui — sous l'œil de Dieu — fait la force de la vie. A présent, elle comprenait la grandeur de son rôle de mère.

Louise songea à celle qui était seule dans leur petite maison de Lascayous et qui avait éloigné sa fille de la terre, par ambition. Elle ne lui en voulait pas de l'avoir élevée hors de son cadre, de lui avoir inculqué des idées qui n'auraient pas dû être les siennes. Elle sentait que cet égarement venait d'un amour maternel mal orienté. Sa mère l'avait mal dirigée ; et sans le mariage, sans ce petit être qui l'avait heureusement transformée, que serait devenue Louise?

Le petit Paul endormi, la jeune femme le posa dans le berceau. Avant son mariage, Louise ne faisait jamais sa prière. Alexandre, le dimanche, n'allait pas à la messe et sa femme s'y rendait par routine, quand elle avait le temps.

Elle borda le bébé avec de doux gestes de mère. Puis, avant de refermer les rideaux, elle s'agenouilla. Avec sa main droite elle traça, sur toute la longueur de la couchette, un grand signe de croix.

Louise se releva, mit de l'ordre dans les deux chambres. Elle prit la chemisette de soie blanche — une commande qu'elle devait livrer le lendemain, — acheva les coutures, posa les boutons, fit les boutonnières.

Deux ou trois fois elle faillit tomber de sommeil sur son travail, mais elle se redressa et, pour se donner du cœur à l'ouvrage, se mit à fredonner un vieil air, du Béarn toujours.

Alexandre rentra après 11 heures. Elle ne lui fit aucun reproche. Mais lui, en la voyant pâlie et courbée sur sa tâche, eut un remords.

— Tu te fatigues, dit-il.

— Non, non, rassure-toi.

— Si, je le vois, tes yeux sont cernés, tu as maigri.

— Mais non, quelle idée !

— Regarde, ton alliance est devenue trop large.

— Tu crois?.....

— Demain, promit-il, je resterai avec toi.

— C'est bien, mon petit Alexandre, remercia-t-elle avec un sourire.

Mais elle savait ce qu'étaient les promesses d'Alexandre, parties sincères du fond du cœur....., oubliées à la première occasion.

## XX

### LE SALUT A LA TERRE

Depuis six jours, Madeleine et Pierre sont mariés.

Ils sont installés, provisoirement, dans la vieille maison où la mère de Pierre s'est éteinte, un soir d'hiver, voilà bientôt un an, dans la vieille demeure aux pierres grises, où ont vécu, travaillé, où sont morts les grands-parents du jeune homme.

Pierre, lui, ne mourra pas entre ces murs qui ont vu passer

plusieurs générations de travailleurs. Il s'en ira en ville, comme tant d'autres.

Et cela parce qu'une femme lui a pris le cœur et que, pour cette femme, il renie tout, même les voix du passé, même l'appel de cette terre qu'ont aimée tous les siens, même l'âme de la maison qui s'attache à son âme pour la retenir.....

Mais rien — pas même la supplication profonde et muette de tous ceux qui dorment à l'ombre du petit cimetière, abrités sous les cyprès, — rien ne sera de force à lutter contre la jeunesse triomphante de Madeleine.

Elle, c'est le présent, avec ses promesses ; c'est l'avenir, avec ses joies de chaque minute.....

Eux, c'est le passé. C'est-à-dire ce qui n'est plus qu'un peu de cendre ; un rien, un souffle plus frais, une brise qui passe, éparpillera à tous les vents ces quelques grains de poussière.....

Bernaton et Mariotte ont accepté tristement ce départ. Le père n'essaye plus de lutter. Son tempérament fataliste se laisse emporter au gré des événements. Il ne peut rien contre ceux-ci. Il assiste, impassible, à la destruction de tout ce que des siècles de travail ont élaboré lentement, patiemment, croyant échafauder une œuvre durable.....

Dominique répète souvent :

— De mon temps, ce n'était pas ainsi..... Ma pauvre vieille a bien fait de s'en aller..... ça lui aurait retourné le cœur de voir ces choses.....

. . . . . . . . . . . . . . . . . . . . .

C'est la dernière journée que les jeunes mariés passent à Lascayous. Et l'on dirait que, pour leur donner des regrets, l'automne a choisi sa plus belle soirée.

Pierre et Madeleine doivent souper chez Bernaton. Plus tard, Jacques, dans la carriole, les conduira à Mont-Bourguey, où ils prendront le train pour Bordeaux.

Dans la grande chambre, avec une hâte nerveuse, Madeleine ferme la caisse qui contient leur linge. Pour le moment, il n'y a pas à s'occuper des meubles. Louise a loué — pour le jeune ménage, provisoirement — un petit appartement garni. Alexandre a trouvé pour Pierre une place d'ouvrier dans une usine de bouchons. Tout cela en attendant. Une fois là-bas, rien ne sera plus facile que de s'organiser.

Devant la glace, Madeleine rectifie sa coiffure, arrange les plis de sa ceinture : il s'agit d'être bien pour débarquer à Bordeaux..... Il est vrai qu'il fera nuit..... mais cela ne fait rien, la gare doit être pleine de lumières..... Madeleine ne veut pas être prise pour une petite campagnarde gauche et timide.....

Elle se cambre, redresse sa taille souple, essaye des gestes gracieux.

Pierre entre dans la pièce. Elle le regarde.

— Viens que je renoue ta cravate..... il faut produire bon effet en arrivant.

Lui a un haussement d'épaules insouciant.

— Bah ! plus tard..... Je venais te dire de mettre dans la caisse cette photographie de ma mère que l'on a prise à une fête de Soublet, tu sais.....

— Oui.....

— N'oublie pas..... c'est le seul portrait que j'ai d'elle et.....

Il s'arrête net au milieu de sa phrase, car sa gorge se serre sous l'étreinte de l'émotion. La jeune femme lui passe ses deux bras autour du cou.

— Mon Pierre.....

Lui l'examine longuement, ardemment ; leurs yeux ne se quittent pas. Il dit enfin, la voix raffermie :

— Faut-il que je t'aime pour tout laisser..... le cimetière..... la maison..... la terre..... tout.....

Comme un enfant, il se plaint :

— Je n'ai plus que toi.....

Elle, les yeux humides, confiante en l'avenir, assure :

— Nous serons heureux, tu verras..... Personne au monde ne s'aime comme nous nous aimons.

— Je le crois, prononce-t-il.

Madeleine se ressaisit aussitôt :

— Le temps presse..... Je vais serrer ce portrait, puis nous irons chez nos parents, on soupe de bonne heure ce soir.

— A quelle heure part le train ?

— Comment, tu l'as oublié ?..... A 9 h. 35, mais il faut du temps pour aller à la gare, Jacques aime partir à l'avance, c'est plus sûr.

Quelques minutes après, ils arrivaient à la ferme. Tous étaient là, le père, la mère, le vieux Dominique ; Françoise, son mari, les quatre enfants, Antoine, Marie-Anne, Pierre et

Bertrand. Et le petit Pierre confiait à son parrain, en grand secret, que bientôt il aurait une petite sœur..... Mais c'était encore un si grand secret qu'il n'était pas permis de le dire....., seulement de le chuchoter, et encore pas à tout le monde.....

Le repas fut presque silencieux. De temps à autre, l'un d'eux parlait ou répondait à peine, et le silence retombait plus lourd, plus pesant. Au dessert, le grand Pierre éleva son verre d'une main qui tremblait.

— Je bois à la santé de vous tous.

Jacques, les yeux sur son ami, répondit :

— A la santé de ceux qui partent.

Les verres se heurtèrent sans entrain, avec un bruit bizarre et sec de cloche fêlée.

Le vieux Dominique n'avait rien dit. Il se leva. Bien qu'il fût voûté par l'âge et les chagrins, il était encore très grand et paraissait immense. Il fit signe qu'il voulait parler. Tous se turent.

Alors la voix de l'aïeul résonna, sourde et profondément vibrante :

— De mon temps, on choquait les verres avec plus d'entrain..... Qu'est-ce que c'est donc, la jeunesse d'aujourd'hui?..... Alexandrine, remplis mon verre, il est vide, et je le veux plein à déborder pour le souhait que je vais faire.

L'infirme versa le picpoul.

Tous attendaient, dans un silence solennel.

Majestueusement, d'un geste d'autrefois, Dominique, à bout de bras, tendit son verre :

— Moi, mes enfants, je bois à la terre !

Un recueillement suivit ces paroles inoubliables.

Personne ne répondit. Qu'auraient-ils dit, tous!

Pourtant, le petit Pierre se mit debout sur le banc.

— A la santé de la terre, cria-t-il.

L'autre Pierre — celui qui quittait tout, parce qu'il avait donné sa parole à Madeleine et qu'un homme d'honneur ne revient pas sur ce qu'il a dit — baissa la tête et pâlit comme un coupable.

Alexandrine sortit de table pour aller pleurer dehors.

Les enfants de Françoise grimpaient sur les genoux de Mariotte, et elle les regardait, songeant :

— Ceux-ci resteront-ils ?.....

Pierre se leva :

— Je vais dire adieu à M. le curé.

Il s'éloigna. Le soleil se couchait à l'horizon. Des nuages de toutes teintes planaient là-bas sur les coteaux du Béarn. Une bonne odeur de terroir, d'herbes, de plantes chauffées par le soleil, flottait dans l'air. Les narines de Pierre se dilataient ; il aspirait avec délices ces aromes de la campagne, subtils et grisants, faits de mille parfums divers.

Il longea une prairie. Couché dans l'herbe, un enfant gardait les vaches. Il chantait à tue-tête. Plus loin, il rencontra une fillette, les pieds nus, les jambes brunies, qui poussait devant elle un troupeau d'oies. La fillette aussi chantait. Et ces airs naïfs disaient la beauté sereine des champs, leur vie intense — la vraie vie, — exaltaient la liberté, dans le calme de la campagne, au grand air, sous le soleil qui dore les moissons. La liberté, qu'on va chercher bien loin et qui est là tout entière, dans ce travail, dans cette union de l'homme et de la terre — l'épanouissement complet de l'un et de l'autre.

Arrivé devant le presbytère, Pierre ouvrit le portail. Il traversa la cour et entra dans le bureau de travail du prêtre. Celui-ci, devant sa table, écrivait. Il posa sa plume et dit simplement :

— Je t'attendais.

Pierre, entre ses doigts nerveux, tournait et retournait son béret de laine bleue. En venant, il avait préparé sa phrase, et maintenant qu'il était là il ne trouvait plus rien à dire.

L'abbé Bardet le regarda.

— Ainsi, c'est pour ce soir?

— Oui, Monsieur le Curé. J'ai voulu vous dire adieu en passant..... Vous avez toujours été si bon pour ma pauvre défunte et pour moi.....

Pierre baissait la tête, il se sentait amoindri.

Le prêtre répondit :

— Je n'y ai eu aucun mérite, mon enfant, tu me tenais trop au cœur..... Tout petit, je t'ai préféré aux autres..... C'est peut-être pour me punir que le bon Dieu t'envoie au loin.....

Il essayait de rire et n'y parvenait guère. Son rire ébauché ne trouva pas d'écho. L'abbé Bardet se leva. Debout, très grand, avec sa stature large, sa tête carrée, ses yeux volontaires, il posa la main sur l'épaule de Pierre.

— Abrégeons ces moments d'adieu, mon petit. Inutile de revenir sur le passé. Tu as donné ta parole. C'est fait. Songe à l'avenir. Reste là-bas, dans la grande ville, le vrai chrétien que je connais. Sois digne de ta mère, n'oublie pas ses enseignements. Pense que tu dois fonder une famille et que tu devras donner l'exemple à tes fils. Va, mon enfant. Que Dieu te garde!

Pierre sortit sans pouvoir prononcer un mot. Que d'arrachements ce soir! Le prêtre, à la fenêtre, le regarda passer. L'autre ne se retourna pas.

Les bras croisés, l'abbé Bardet ne bougeait pas. Sa sœur entra dans la pièce, il ne l'entendit pas. Elle lui demanda :

— Il part, c'est décidé?

Brusquement il répondit, la gorge serrée :

— Bien sûr qu'il part!

La voix radoucie, il s'excusa :

— Pardonne-moi..... De voir ce petit s'en aller, cela m'a fait je ne sais quoi.....

Les yeux, au loin, suivaient toute sa paroisse.

— Ainsi ils quittent le pays, les uns après les autres..... Cette année, cela fait trois départs..... On ferme les maisons..... on vend les terres..... Mais quelle rage les prend donc tous?..... Qu'est-ce qui les attire là-bas?..... Ils voient bien, pourtant, comment l'on en revient, vieilli avant l'âge..... Et l'an dernier, cette petite Adèle qui est rentrée ici pour mourir à l'automne..... elle avait pris une maladie de poitrine en travaillant dans un sous-sol, sans air, sans lumière..... Et le fils de Jannet, phtisique aussi..... et tant d'autres..... Mais ils s'en vont quand même..... On croit que ce qui arrive aux autres ne vous atteindra pas..... Vois ce Pierre, le meilleur garçon de la commune..... il s'en va..... Lui, c'était un ami..... Je l'avais suivi toujours..... Sur qui compter, mon Dieu?.....

Il regarda la fumée qui, du toit des maisons, montait à travers les nuages.

— Depuis le temps que je suis au milieu d'eux..... plus de trente ans..... Je n'ai pu encore les persuader..... Ils ne m'écoutent pas..... Peut-être m'y suis-je mal pris.....

— Oh! interrompit Mlle Blanche, tu te dévoues du matin au soir.

Le prêtre hocha la tête. Sa sœur insista :

— Laisse-moi te le dire une fois au moins, tu n'es plus jeune, tu as des rhumatismes, les courses te fatiguent et tu sors du matin au soir. Tu comptes ta santé pour rien. Ta vie est admirable. Ne regrette rien. Tu as fait tout ce que tu as pu.

Les yeux fermés, le prêtre se taisait. L'entendait-il seulement ?..... Dans la nuit qui venait, elle s'enhardit et trouva un mot pour le consoler :

— Où serait le mérite si Dieu nous donnait, dès ici-bas, notre récompense ?..... Rien ne nous coûterait.

L'âme navrée, Mlle Blanche acheva :

— Mon pauvre frère!

Mais elle avait frappé juste. Il se redressa :

— Ce n'est pas moi qu'il faut plaindre. Merci de ce que tu m'as dit. Tu as eu raison de mon instant de défaillance. Plaignons ceux qui quittent le pays, et prions pour eux.

Toujours debout, l'abbé joignit les mains et remua les lèvres. Sa sœur, respectant son recueillement, sortit sans bruit.

Le grand Pierre, sur le chemin, consulta sa montre. Il avait encore une heure avant le départ de la carriole. Il contourna l'église et entra dans le petit cimetière.

Le soleil s'enfonçait, auréolé d'une poussière d'or. Des chansons de pâtre s'élevaient, se répondaient de loin en loin. Un grand nuage pourpre s'allongea, s'étendit, puis se partagea en des millions de morceaux, semblant faits d'une ouate rosée ; ils se suspendirent dans l'air, pâlirent, devinrent d'un blanc clair, comme un filet de source.

Des fils de la Vierge, fils ténus et mystérieux, accrochés aux branches, tissaient, dans l'air calme, je ne sais quelle écharpe merveilleuse aux réseaux imperceptibles.

La grande paix du soir descendait lentement.

## XXI

### L'ENTRÉE DE LA NUIT

C'est l'entrée de la nuit. C'est-à-dire l'heure indécise, pleine de mystère, qui flotte, solennelle, qui s'attarde après le crépuscule.

Le travail des champs est terminé. Le laboureur rentre chez lui. Les oiseaux se blottissent dans les branches. La nature se recueille. Un grand silence plane, comme une prière, sur toute la campagne. Une lueur bleue, d'une tonalité particulière, éclaire toute chose.

Le soleil est disparu. Les étoiles ne sont pas encore allumées. Ce n'est plus le jour. Le soir n'est pas tombé tout à fait. La nuit approche : c'est l'entrée de la nuit.

Dans la cour, chez Bernaton, la carriole est attelée. Le cheval s'impatiente, frappe la terre de son sabot.

Mariotte est sur le pas de la porte. Françoise, près d'elle, au milieu de ses enfants. L'aïeul est resté à la cuisine. Alexandrine, à la dérobée, s'essuie les yeux. Madeleine est là aussi, son chapeau sur la tête.

— Et Pierre? dit-elle, il va nous faire manquer le train.

Personne ne répond. Alors elle dit :

— Je vais le chercher.

Elle s'en va tout droit à la vieille maison qu'ils abandonnent. Elle appelle..... rien..... Une angoisse s'empare d'elle.

— Pourvu qu'il ne lui soit rien arrivé.....

Devant les persiennes closes, la cour abandonnée, l'étable vide, elle sent ses yeux se mouiller.

Mais elle ne veut pas s'attendrir ; elle s'éloigne, quitte en hâte ce coin délaissé dont la vue lui fait mal. Elle passe devant le presbytère. Dans le petit jardin silencieux, l'abbé Bardet récite son chapelet, les yeux levés vers la voûte céleste. Cet homme d'action, avec sa constitution de montagnard, est contemplatif à ses heures ; et sa foi robuste et profonde s'adoucit et devient confiante, dans certaines minutes, comme celle d'un enfant.

Le bruit des pas détourne l'attention du prêtre.

— Vous voulez quelque chose, mon enfant ?

— Pierre ! Où est Pierre, Monsieur le Curé ?

— Il n'est pas rentré ?

— Non.

— Alors, allez voir au cimetière..... Il doit lui être dur de s'arracher à ses souvenirs.....

Elle se remet à marcher et pense.

Heureusement, la carriole était attelée bien à l'avance..... N'importe, il faut se hâter.

Une à une, là-haut, dans l'immensité sombre, les étoiles se suspendent.

Madeleine est devant la grille en fer, surmontée d'une croix. Elle va appeler. Ce grand silence des morts l'impressionne. Elle n'ose pas.

Elle s'engage dans l'allée, étouffant le bruit de ses bottines sur les feuilles mortes qui crissent lamentablement, comme si on leur faisait mal.

Madeleine s'arrête, le cœur battant : elle a perçu le bruit d'un sanglot. La lune, maintenant, éclaire le petit enclos. La jeune femme distingue une forme agenouillée, un homme..... Elle reconnaît la silhouette de son mari.

Jamais elle ne l'a vu pleurer. Cette émotion violente, ce désespoir farouche qui s'est éloigné d'elle, qui est venu se déverser ici, dans le jardin de paix, la bouleverse étrangement.....

Ne voulant pas se laisser aller au remords elle songe :

— Nous allons manquer le train..... Il faudra attendre celui de 11 heures..... Cela nous fera arriver plus tard à Bordeaux..... Et puis, Louise et Alexandre vont nous attendre cette nuit....., il ne faut pas leur manquer de parole.....

Sans s'en rendre compte, dominée par un sentiment de respect, Madeleine s'agenouille dans l'herbe et fait un signe de croix. Un vent d'automne souffle et, sous son frôlement, les branches des cyprès se tordent avec un froissement lugubre.

La jeune femme met sa tête entre ses mains.

Du clocher, tout voisin, s'envolent les notes pures et pieuses de l'*Angelus*. Madeleine ne les a jamais écoutées comme ce soir. Il lui semble entendre des milliers de voix inconnues..... Elle songe aux parents qui se font vieux et qui vont rester seuls..... Elle songe à la vieille maison abandonnée..... On aurait dit tout à l'heure que, dans chaque lézarde — au milieu de ses pierres grises, — elle retenait une larme.....

Madeleine pense à ceux qui reposent là, sous les tombes, dont le travail passé devient inutile, puisque ceux qui devaient rester s'en vont, séduits par le mirage de la ville.

Elle songe à Alexandrine, minée par la maladie ; elle songe à Françoise, heureuse entre son mari et ses enfants.

Sa pensée revient au grand Pierre qui, par amour pour elle, s'exile au loin.

Les cloches se taisent. La dernière note tombe et vibre dans la campagne, l'écho la répète, le long des pierres bordées de mousse. Les voix des cloches ne résonnent plus, mais la voix de la terre, les voix des morts parlent toujours au cœur de la jeune femme.

Pierre sort de son recueillement. Il relève la tête et aperçoit, à la clarté de la lune, sa femme agenouillée de l'autre côté de la tombe.

Ils se regardent. Elle murmure :

— Je venais te dire....., c'est l'heure du train.....

Ils se relèvent en silence.

Lui a un dernier regard — regard d'angoisse indicible, de désespoir infini — pour la plaque froide qui cache, à l'ombre douce de la croix, celle qu'il a tant aimée, et aux enseignements de laquelle il n'a pas su être fidèle.

Il se détourne, avec un geste qui semble accepter le destin. Il prend le chemin qui ondule à travers les tombes. Une odeur de feuilles mortes, de vent d'automne, de choses qui se fanent arrive des fourrés, se répand dans l'air.

— Hâtons le pas, dit Pierre, repris par la réalité.

La voix ferme, il ajoute :

— Nous n'avons plus qu'un quart d'heure.

Madeleine le suit, sans parler. Le tapis roux bruit sous leurs pas. Une chauve-souris glisse près d'eux, les frôle presque. Un cri de chouette s'élève, à quelques mètres.

Avant qu'ils n'atteignent la grille, Madeleine appelle :

— Pierre.....

Il se retourne.

Trois mots tremblent sur les lèvres de la jeune femme : « Restons chez nous..... », mais elle ne les prononce pas. Elle craint tout ce qu'ils renferment d'abnégation et de sacrifices.

Tout à l'heure, elle a failli céder, écouter les voix du clocher, les voix de la terre, les voix des morts.....

Mais elle entrevoit la vision de Louise, bien habillée, élégante et fine....., la ville avec ses magasins, ses lumières....., son luxe....., l'éternel mirage.....

— Que veux-tu ? demande Pierre.

Elle détourne la tête.

— J'ai peur de trébucher au milieu de ces tombes.....

Il lui tend la main, sans rien dire ; et elle s'y cramponne, effrayée soudain de ce silence angoissant qui semble lui reprocher leur départ.....

Dans la cour, Jacques, installé sur le siège, s'impatiente. Par économie, on n'a allumé qu'une lanterne.

— Vite donc ! le train n'attend pas.

On précipite les adieux. Alexandrine s'approche de Pierre ; elle est affreusement pâle, et ses pauvres yeux, douloureux et meurtris, sont devenus immenses. Elle murmure :

— Adieu, Pierre. Je soignerai *sa* tombe, comptez sur moi.

Il veut répondre, mais il ne peut faire sortir aucun son de sa gorge contractée. Ils se serrent la main silencieusement, et, devant le regard qui se lève vers lui, Pierre a comme une intuition de ce qui se passe dans l'âme de l'infirme.

Les jeunes mariés montent dans la charrette. Jacques prend le fouet. Le cheval s'ébranle.

Dans la cour, les autres, immobiles, regardent s'en aller, avec ceux qui partent, la jeunesse, l'espoir, l'avenir.....

Françoise est rentrée chez elle pour coucher les petits. Dominique, les yeux pleins de grosses larmes, qu'il ne songe plus à cacher, soupire :

— De mon temps....., ça ne serait pas arrivé ainsi.....

On ne voit plus la carriole. On perçoit seulement son bruit de roues contre les pierres du chemin, le trot lourd et régulier du cheval ; par moments, la voix de Jacques qui encourage la bête..... Ils sont tous là à écouter..... Pour eux, pour ceux qui restent — et qui bientôt seront touchés par la vieillesse, — c'est l'entrée de la nuit.....

Et pour les deux qui s'acheminent vers la ville, fascinés par le mirage, ce sera bientôt, après le rêve bref, le travail pénible, les soucis, les chagrins, l'air malsain, la dépendance....., la réalité décevante.

La carriole tourne à droite. Voici la grille du presbytère. L'abbé Bardet est debout, à une fenêtre du premier étage. Il pense :

— Mon Dieu, ils n'ont pas su vivre là, sous le ciel immense, dans la grande paix sereine des champs..... On ne comprend plus la terre.....

Dans l'ombre, la main droite du prêtre se lève et trace, dans la direction de Pierre et de Madeleine, un grand signe de croix.

La carriole disparaît à l'angle de la route. Pour ceux qu'elle emporte, c'est vraiment aussi l'heure grise qui sonne, c'est l'entrée de la nuit.....

—— Imprimerie P. Feron-Vrau, 3 et 5, rue Bayard, Paris, VIIIe.

IMPRIMÉS

www.ingramcontent.com/pod-product-compliance
Lightning Source LLC
LaVergne TN
LVHW012017220826
846092LV00001B/380

* 9 7 8 2 3 2 9 7 5 6 8 7 5 *